KB190056

우는 나와 우는 우는

우는 나와 우는 우는

장애와 사랑, 실패와 후회에 관한 끝말잇기

초판 1쇄 펴낸날 2025년 3월 5일
초판 3쇄 펴낸날 2025년 5월 20일

지은이 하은빈   **편집** 김현정 김혜윤 이심지 이정신 이지원 홍주은
펴낸이 이건복   **디자인** 김태호
펴낸곳 도서출판 동녘   **마케팅** 임세현
                                    관리 서숙희 이주원

만든 사람들
편집 김혜윤   **디자인** 서주성

인쇄 새한문화사 **라미네이팅** 북웨어 **종이** 한서지업사

등록 제311-1980-01호 1980년 3월 25일
주소 (10881) 경기도 파주시 회동길 77-26
전화 영업 031-955-3000 편집 031-955-3005 **팩스** 031-955-3009
홈페이지 www.dongnyok.com **전자우편** editor@dongnyok.com
페이스북·인스타그램 @dongnyokpub

ISBN 978-89-7297-154-2 (03810)

우는

나와

우는

우는

장애와 사랑,
실패와 후회에 관한
끝말잇기

하은빈 지음

동녘

프롤로그

괄호도 말줄임표도 없이

우를 만나는 동안 줄곧 객식구였다. 학교에 딸린 기숙사 방
한 칸에서 우와 우의 가족에게 얹혀 살았다. 더부살이를
하고 있다는 사실은 어떻게 해도 말하기가 골치 아파서
점점 말하지 않게 되었다. 심지어는 내 가족에게도 여태
말하지 않았다(미안하다). 점점 누구를 처음 만나는 일을
꺼리게 되었는데, 신변이 기이한 사람으로 여겨지는 것이
싫었기 때문이다. 그러나 이야기를 하다 보면 어느 순간
내가 기숙사 가족생활동에서 살고 있다는 사실을 실토하게
되었다. 그러면 이러한 문답이 이어졌다.

누구   거기는 결혼한 대학원생들이 사는 데 아니에요?
은빈   맞아요.
누구   대학원생이세요?
은빈   아니요.
누구   결혼하셨어요?
은빈   아니요…….

이제 부연을 해야 할 때였다. 나는 매너리즘이 온
놀이공원 직원 같은 말투로 갑자기 묻지도 않은 설명을
줄줄이 늘어놓았다.

은빈　저희 학교 가족생활동은 휠체어를 타는 중증
장애학생들이 살 수 있게 1층에 있는 호실들이 개조되어
있어요. 모르셨죠? 휠체어가 진입할 수 있는 널찍한 현관이랑
자동문이 있고, 화장실에도 자동문과 안전손잡이가 설치되어
있고요. 그렇다고 모든 시설이 장애친화적인 것은 아닌데요.
부엌 시설이 휠체어 탄 사람에게는 너무 높고, 베란다에도
높은 턱이 있어서 진입이 안 되고요. 아무튼 거기에 저의
애인 우랑 우의 가족이 오랫동안 살고 있는데요, 저도 돌봄을
제공하면서 같이 살고 있고요, 그리고요…….

　　내 말이 허공에서 길을 잃는 동안 나는 사람들의 눈이
동그래졌다가 가늘어지는 것을 볼 수 있었다. 대화는
자연스럽게 내 삶의 형태에 관한 질문으로 넘어갔다. 내
안에는 길고 구불구불한 이야기가 들어 있었기 때문에
대화는 스무고개처럼 이어졌다. 그러면 질문은 머지않아
비슷한 데로 수렴했는데 외연은 다 달랐으나 속뜻은 대강
이랬다.

　　누구　(어쩌다 그렇게 됐어요?)

　　나는 번번이 어물거렸다.

　　은빈　(우를 사랑하기 때문이에요…….)

한 번도 떳떳하게 이 대답에서 괄호를 벗기고
말줄임표를 떼어본 적이 없다. 나는 사람들의 눈이
가늘어지는 것이 싫었다. 내 삶의 형태가 기묘하다는
사실을 확인하는 것이 싫었다. 나를 설명하기 위해 점점
더 많은 말을 해야 한다는 게 힘이 들었다. 말을 할수록
사람들이 어리둥절해하고, 나 역시 내가 무엇을 어디서부터
왜 자꾸 설명하고 있는지 모르는 게 힘이 들었다.

우와 함께하는 삶은 분명 어려운 데가 있었다.

이 문장을 쓰기까지 십 년이 걸렸다.

우를 사랑한 것이 어떤 경위와 경로로 내 삶을 그리까지
떠다밀어놓았는지 모르겠다. 삶은 어떻게 엉키게 된
것인지 알 수 없는 실뭉치 같았다. 여태 그 실뭉치를 풀지도
못하면서, 그렇다고 자르지도 버리지도 못하면서, 꽉 물린
매듭에 손톱을 세워도 보면서 그러다 이따금 미끄러지기도
하면서 앉아 있다. 매듭을 풀면 우와의 일도 더 이상 바로
어제 일 같지 않게 될까? 그렇다면 그저 실뭉치를 영원히
매만지는 할머니가 되고 싶은데…….

매듭을 풀고 풀어 실의 끄트머리를, 우를 막 만나기
시작한 스무 살의 나를 마주할 수 있다면 앉혀놓고 이렇게
말해줄 것이다.

은빈 어느 순간 너는 우와 함께하는 삶의 불안을 참지 못하고
그 삶이 요구하는 헌신에 질려 도망치게 될 거야. 치를 떨면서
다시는 돌아갈 수 없도록 네가 건너온 다리에 불을 지르게 될

거야. 그러고는 얼마 못 가 그렇게 한 것을 사무치게 후회할 거야. 한동안 네가 살면서 가장 열심히 한 일은 우를 사랑하는 일이겠지만, 우를 떠난 시간이 우를 만났던 시간을 따라잡게 되면서, 네가 살면서 가장 열심히 한 일은 우를 떠난 것을 후회하는 일이 될 거야. 후회만이 네가 깨우친 유일한 진실이 될 거야.

스무 살의 은빈은 동그래진 눈으로 물을 것이다.

은빈   어쩌다 그렇게 됐어?

이제 서른 살의 은빈은 이렇게 대답해야 한다.

은빈   우를 사랑하기 때문이야.

괄호도 말줄임표도 없이, 길고 구불구불한 이야기를 시작해야 한다.

차례

1장

정말인
순간들

얼마 전에 우와 내가 출연했던 다큐멘터리를 보았다.
거기에는 오 년 전의 우와 내가 있었다. 전동휠체어 '동이'를
몰고 학교에 가는 우. 동이 뒤에 매달려 함께 언덕을 오르는
나. 노랗고 육중한 리프트에 실려 KTX에서 내려오는 우.
짐이 주렁주렁 달린 동이의 등을 바라보는 나. 장애인
콜택시 안에서 문재인 성대모사를 하는 우. 그 성대모사를
성대모사하는 나. 책방 거리의 가파른 계단을 지나치는
우리. 겨우 부산 여행에서 그렇게나 신이 난 우리.

  나는 머리를 한 대 얻어맞은 것처럼 멍해졌는데, 우리가
너무 불쌍해 보였기 때문이다. 이럴 수가 있나? 우와 있었던
오 년은 전적으로 불쌍해 보이지 않으려는 투쟁이었다고
해도 무방하다. 힘들지 않았다고 하긴 어려울 시간 동안
내가 계속 우의 곁에 있었던 이유는 내가 유별히 착하거나
우가 극진히 잘해주거나 우리의 다른 무엇이 특별해서가
아니라 우와 있는 것이 웃겼기 때문이다. 우리는 진짜로
즐거웠고 다큐멘터리를 찍는다면 사람들에게 그걸 알게
하고 싶었다. 우리는 어떤 불구의 상태도 아니고 '그럼에도
불구하고'의 상태도 아니고 그냥 즐겁다고. 우와 나는
어딘가 찌그러지고 상한 애들인데 우리에게 그건 고통만은
아니며 도리어 그 사실을 귀하고 진기하게 여긴다고.
무언가 시작도 하기 전에 울지 않겠노라고 약속한다면

우리도 우리가 어떻게 생겼는지 열어보이겠다고. 그건
자랑이었다기보다는…… 좋아하는 친구를 방에 데려가
아끼는 것을 보여주는 마음이었던 것 같다.

　촬영은 고되었고 즐거웠다. 우리는 방송 내내 많이
웃었는데 그 웃음은 꾸며낸 것이 아니었다. 진짜가 아닌 건
재미가 없고 우리는 재밌는 걸 좋아했기 때문에 까다로운
수집가들처럼 하찮고 조그만 '정말인 순간들'에 골몰했다.
사직구장의 객석에서 '롯데홈쇼핑'이라고 적힌 주황색
비닐봉다리를 부풀려 쓰고 롯데 자이언츠 응원가를
따라부르는 우리. 꼬리에 꼬리를 무는 이야기 속에서 문득
내 이의 개수가 성인 평균치보다 네 개 모자라다는 사실을
발견하는 우리. '매우 진지하지만 내면에 삼마이가 있는'
뮤지션 요조의 뽕짝을 흥얼거리는 우리. 학교 축제가
한창인 잔디 광장에서 깡총거리며 근본 없는 춤을 추는
우리.

　결과적으로 우리가 보이고자 한 것들은 아주 잘 보였다.
우와 내가 얼마간 돌아버린 놈들이라는 것이, 우리가
언제나 재미에 진심이라는 것이, 우리가 시종일관 태평하고
철이 없고 쾌활하다는 사실이 판명났다. 그 모든 사실을
포함해 다큐는 하나도 안 웃겼다. 우리의 웃는 얼굴은
보기에 안쓰러웠고 전형적으로 불쌍했다. 나는 그 사실이
믿기지 않아서 화면을 계속해서 바라보았다. 해바라기처럼
웃는 나. 웃는 나를 보며 웃는 우. 우를 재워놓고 우는 나.
내가 없는 데서 우는 우.

✦

우에 관해 적는 것은 태양을 올려다보는 일처럼 어렵다.
우와 보낸 시간은 뜨거운 볕처럼 내 안의 모든 것을
평등하게 비춰주고 있다. 내 안에서 나고 자란 것들은
모조리 그 빛을 쬐었다. 오 년이 지났는데도 그 빛은 여전히
뜨겁고 눈부셔서 당최 제대로 쳐다볼 수가 없다. 우와의
일을 나는 아주 잠깐씩만 들여다본다. 짙은 필름 조각을
들고 태양을 올려다보는 사람처럼. 딴청을 피우고 시간을
끌며. 필름 조각을 겹겹이 포개고 여러 차례 눈을 깜빡이며.
실은 대개 올려다보지조차 못하고 그 볕을 받아 반짝이는
것들만 망연히 바라본다. 여기 쓰인 것은 내가 쓰고자 했던
것이 아니라 쓰기에 실패한 것들이며, 쓰고자 했던 것의
그림자이거나 흔적이거나 사라짐이다. 시야는 번번이 다시
어두워지고, 이따금 데인 듯이 눈물이 흐른다.

우와 헤어지기 전에도 써보려고 한 적이 있다. 우와의
관계에 대해서. 우를 사랑하는 삶이 어떤지에 대해서.
이상하리만치 글은 쓰이지 않았고 어느 밤 나는 그 글을
쓰는 것이 필패의 기획이라는 사실을 알게 되었다. 그
글을 쓸수록 우와의 관계가 나를 말려죽이고 있음을, 그
관계를 유지하면서 동시에 나로 살 수는 없음을 깨달았던
것이다. 이후로 나는 돌연히 마음이 얼음장처럼 차가워져서
강경하고도 다급하게 도망을 갔다. 급작스럽고 비겁하게,
초라하고도 의뭉스럽게 줄행랑을 쳤다.

내내 생각해도 나의 결론은 같다. 우를 떠나지 않았다면

어떤 면에서 나는 죽었을 것이다. 그러나 또한 내내
의심하였다. 단지 죽지 않기 위해서, 태어나서 가져본 가장
귀한 것을 버려야 했다면…… 목숨보다 사랑한다고 여겼던
것을 내 손으로 내던져야 했다면…… 그렇게 해서 남은
것이 겨우 나 자신이라면…….

✦

　우를 떠나고도 한동안은 우의 몸이 내 몸 어딘가에 들어
있었다. 그간 매일 우를 씻기고 옮기고 업고 일으키고 눕혔던
시간이 몸 안에서 쉬이 없어지지 않았다. 홀로 샤워를 하거나
바닥에 떨어진 것을 주우려 수그릴 때, 아침에 잠자리에서
몸을 일으키고 밤에 자러 누울 때, 전철을 타거나 역사의
계단을 오르내릴 때 몸이 이상하게 가볍다고 느꼈다. 허리
숙여 무언가를 끌어안는 일을 생각하는, 일정한 무게의 몸을
들어올리는 모양새와 리듬감을 그리는 나 자신을 발견했다.
있어야 할 것이 없는 것 같았다. 내 몸이 내 것이 아닌 것
같았다. 유령이 된 기분이었다.
　혹은 유령이 된 우와 함께 있는 기분이었다. 계단이
있는 길을 두고 몇 달 동안 완만한 우회로로만 다녔을 때,
일행보다 앞서가 문을 당길 때, 그가 완전히 지나갈 때까지
문을 잡고 기다릴 때, 가는 곳마다 출입구의 경사로를
눈여겨보고 장애인화장실의 위치를 파악할 때, 그런
습관들이 몸에 배어 있다는 것을 누군가 지적하기 전까지
몰랐을 때, 없는 채로 내 안에 머무르는 것들을 그런 식으로

자각했다.

　우의 몸이 남긴 조각들은 씻어내고 씻어내도 각질처럼
끝없이 피부 위로 다시 일어섰다. 나는 맞춰지지 않는
그 조각들을 비듬이나 머리카락을 떨어뜨리듯 여기저기
흘리고 다녔다. 조각들을 퍼즐처럼 붙이고 맞추어 지나온
과거의 시간을 재구성해보려고 해도 잘 되지 않았다.
한번 깨진 것들은 다시 붙지 않았고 그렇다고 내 안에서
사라지지도 않았다. 아무리 깎고 자르고 떨어내도 그것들은
손톱이나 눈썹처럼 보이지 않는 곳에서 끝없이 다시
자랐다. 매일매일 우의 몸에 관한 새 기억이 떠올랐다. 우가
내 몸속을 돌아다녔다.

　우의 얼굴은 원래 갸름했지만 시간이 지날수록 점점
둥글어졌다. 근육병을 가진 사람은 한번 살이 붙으면 곤란을
겪기 마련이었다. 운동을 해야 체중을 감량할 수 있는데
근육이 없으니 운동을 할 수 없고, 운동을 하지 못하니 몸이
더욱 빠르게 쇠약해졌다. 외려 운동은 근육병의 진행을
촉진한다고도 했는데, 근육세포를 죽이고 재생시키는
과정을 운동이라고 본다면 우의 몸에서 근육세포는 오직
죽기만 할 뿐 재생되지 않았기 때문이다. 우는 자신의
둥글어진 턱을 싫어했고 점점 더 거울을 잘 보지 않았다.

　그 턱에는 손가락 마디 하나 반 길이의 거무스름한
흉터가 남아 있었다. 어렸을 때 내리막길을 달리던
수동휠체어가 그만 돌부리에 걸려 넘어졌다고 했다.
용수철처럼 튀어나간 우의 몸이 둥그런 포물선을 그리면서

허공을 부웅 날아갔다. 앞으로 뻗을 수 있을 만큼의 팔
힘조차 없었던 어린 우는 턱부터 바닥에 떨어졌다. 턱과 윗니
사이에 혀가 놓여 있었더라면 꼼짝없이 두 동강이 났을 테다.
　　우의 모든 관절들은 이미 상당히 굳어 있었고 갈수록
더 많이 굳고 있었다. 목과 팔꿈치, 골반과 무릎과 발목은
모두 굽어지고 휘어졌다. 목은 점점 더 굳어 올라가, 앞이나
아래를 보기 위해서는 고개만 숙이는 것이 아니라 상체
전체를 통째로 움직여야만 했다. 우의 등허리는 구부러지지
않고 부자연스럽게 꼿꼿했다. 청소년일 적 휘어진 척추에
철근을 대어 잡아당기는 척추측만증 수술을 했기 때문이다.
세상을 보기 위해서 우는 항상 골반에서부터 상체를 접어
윗몸 전체를 앞으로 깊숙이 꺼트렸다. 이런저런 짐으로
등이 둥그래진 동이 위에서 윗몸을 앞으로 한껏 수그린
우의 자세는 거북이처럼 겸손했다.
　　걷지 않는 우의 하체는 시간이 흐르며 아주 아주
작아졌다. 우의 제한된 시야 속으로 무릎과 발이 들어오지
않게 된 지도 오래되었다. 팔꿈치와 무릎은 아무리 쭉
펼쳐보아도 110도 가량까지만 펼쳐졌다. 왼쪽 발목은 유독
심하게 구부러져 있어서 우의 모든 왼쪽 운동화는 깨금발
모양으로 빠르게 일그러졌다. 심지어 우는 손가락들도 굽어
있었다. 활짝 벌어지지 않는 우의 커다란 손을 보고 언젠가
무당이 호되게 후려치며 '도둑놈 손'이라고 불렀다 했다.
　　우의 몸에서 가장 근육이 많은 부분은 양손과
아래팔이었다. 손으로 사물을 짚거나 잡는 식으로,

아귀힘을 써서 옮기고 쥐고 끄는 식으로, 반동을 사용해
아래팔을 다른 곳으로 내던지는 식으로 우는 움직였다.
한편 우의 몸에서 가장 근육이 없는 부분은 위팔이었다.
위팔은 위태롭도록 가냘팠으며 반죽처럼 말랑한 살
아래로는 곧장 가느다란 뼈가 만져졌다. 팔꿈치 높이
이상으로 손을 들 방도가 없어 우는 한쪽 손 위에 다른 쪽
팔꿈치를 괴는 방법을 자주 사용했다. 오른쪽 팔꿈치를
왼손 주먹 위로 끌어올린 뒤 왼손의 힘을 받아 오른팔을
약간 들어올리는 것이었다. 그런 식으로 책상에 손도
올리고 안경도 고쳐 쓰고 마우스도 움직이고 머리도
긁었다.

　　이불조차 지나치게 무거워 우는 항상 시체처럼 가만히
잤다. 침대 가장자리에 바짝 붙은 채 왼쪽으로 모로 누워
자고 일어나면 베개에 눌린 쪽의 속눈썹만 뷰러로 집은
것처럼 바짝 치켜올라가 있었다. 나는 침대에서 홀로 몸을
일으키는 우를 곧잘 구경하곤 했다. 우는 왼쪽 팔꿈치를
매트리스에 푹 찍고는 그 팔에 힘을 실어 등이 위로
향하게끔 몸 전체를 뒤집었다. 오른쪽 발이 바닥에 닿으면
그 발을 고쳐 디디며 침대에서 엉덩이를 띄웠다. 그러면
침대 옆에 바짝 대놓은 수동휠체어에 엉덩이를 옮길 수
있었다. 오른발로 바닥을 다시 한번 단단히 디딘 다음
으쌰 하고 기합을 넣으며 바닥을 힘껏 밀면 수그린 상체가
반동으로 벌떡 들추어졌다. 우에게 그럴 힘이 없는 날에는
내가 누워 있는 우의 목 아래에 팔을 집어넣고 나의 온몸을

침대 쪽으로 쓰러뜨리면서 우를 일으켰다.

어딘가에 접근할 방도가 계단을 오르는 것밖에 없을 때에는 내가 우를 업었다. 전동휠체어를 외진 곳에 주차해두고 우를 업어 전시장에도 가고 공연장에도 가고 영화관에도 갔다. 우와 나는 체중이 비슷해서 내가 우를 업는 광경은 다소 위태로워 보였을 것이다. 업는 시간이 길어지면 점차 엉치뼈가 싸하게 뜨거워지며 욱신거렸다. 우를 업은 채 높고 긴 계단을 올라야 할 때면 처음부터 손을 바닥에 짚고 네 발로 기었다. 다치지 않으면서 우를 더 쉽게 들거나 업고 싶어서 부지런히 스쿼트를 하고 기숙사 체육관에서 열심히 크로스핏 수업을 들었다.

꼭 어디에 가야 할 때가 아니더라도 나는 곧잘 우를 업었다. 유달리 슬픈 날이면 "둥개둥개 둥개야" 하는 노래를 부르면서 우를 업고 우리의 작은 방 안을 어기적어기적 걸어다녔다. 우는 내 등에 단단히 매달려 작은 다리를 파닥거렸다. 그럴 때 우는 내가 낳은 아기 같았다.

✦

이런 조각들을 어떻게 종합해보아도 결국 그의 병에 대해서 말하지 않으면 우에 관해 제대로 말했다고 할 수 없는 것 같다. 그러나 막상 그 병을 소개하자니…… 삶보다 긴 이야기를 앞둔 것처럼 막막하다. 도대체 그 병을 무어라고 해야 할까? 관절이 굳고 근육세포가 자라지 않게 하는 병이라고? 오래전에 우를 휠체어 위로 끌어앉히고

뼈를 무르게 한 병이라고? 심장과 폐를 약하게 하고
일찌감치 호흡기를 차게 한 병이라고? 무엇을 해도 차도가
없이 휘적휘적 앞으로만 가는 병이라고? 돌아보지 않는
오르페우스처럼, 철근과 나사로 꽁꽁 묶여 영영 꼿꼿해진
우의 등처럼 결코 뒤돌아보는 법이 없는 병이라고? 우를
약하게 하고 나를 강하게 한 병이라고? 나를 울게 하고
우를 울지 않게 한 병이라고? 우리 둘 모두를 소진시키고
나가떨어지게 한 병이라고? 우의 가장 깊숙한 곳에
엉겨붙어 우의 존재와 분리할 수 없이 연루된 병이라고?
우로 하여금 스스로를 낳고 기르고 키우게끔 한 병이라고?
평생에 걸쳐 우를 천천히 살해하는 병이라고?

내가 겨우겨우 적을 수 있는 말이란 그런 공교로운 병이
우와 함께 태어났으며 우의 몸과 마음과 삶을 구성했다는
것, 그러므로 우에 대해서 적는 일은 얼마쯤 그 병에 대해서
적는 일과도 같다는 것 정도다.

우가 근육병 진단을 받던 때의 이야기는 내겐
마치 특별한 탄생 설화처럼 들렸다. 생후 22개월 된
아이의 걸음새가 아무래도 수상스러웠다고, 어느
병원에서는 소아마비라 진단했으나 우의 부모는 믿지
않았다고, 자신들의 아이가 그럴 리 없다고 그들은 굳게
믿었다고, 그 믿음은 반쯤 맞았고 반쯤 틀렸어서, '진행성
근이영양증Progressive Muscular Dystrophy'이라는 더 나쁜
진단명이 꼭 알맞은 세례명처럼 그들을 기다리고 있었다고,
그 병에 걸리면 스물을 넘기기 어렵다고 알려진 탓에

아이가 하고 싶다는 것은 죄다 해주시라는 당부마저
들었다고, 자신 역시 나중에 전해 들었을 그 모든 이야기를
우는 눈앞에서 직접 보고 들은 양 실감 나게 할 줄 알았다.
　　우의 부모가 집으로 돌아오는 고속도로에서 언쟁을
벌였다는 대목에까지 이르면 나는《해리 포터》시리즈의
맨 첫 장을 떠올린다. 굉음을 내며 날아다니는 오토바이를
탄 해그리드의 품에 안겨 쌔근쌔근 곤히 잠들어 있었던
갓난아기 해리처럼, 빠른 속도로 고속도로를 내달리는
차가 왜 기우뚱 기우뚱 흔들리는지 알지 못했을 우를.
그의 부모가 지금 당장 핸들을 꺾어 다 같이 죽을 것인가
말 것인가 옥신각신하고 있다는 사실을 꿈에도 몰랐을
그 아기를. 나는 본 적도 안아본 적도 없는 그 아기를
그리워한다. 그에게 나직하고 다정하게 일러주지 못하는
것을 애석해한다. 장차 그의 세례명보다도 더 자주 그를
일컫는 이름이 될 병에 대해서. 그 무엇보다도 지배적으로
그의 존재를 규정할 병, 나아가 그의 온몸을 이루고 형성할
병에 대해서. 평생에 걸쳐 그의 가장 친애하는 적이자
유감스러운 친구가 되어줄 병에 대해서.
　　이런 말들은 아기에게 해주기엔 지독한 저주나
악담처럼 들린다. 그러나 할 수만 있다면 나는 반드시 이런
방식으로 그의 삶을 축하하고 싶다. 내가 가장 사랑한
우의 부분들은 우의 끝모르는 슬픔, 날선 자조와 냉소,
바닥이 없는 무력함과 같은, 그 병이 쓸고 지나간 가장 깊은
자리들이었기 때문이다.

✦

　종종 꿈에서 우와 있다.

　우리는 밖에 있다. 우가 배가 아프다고 말한다.
우의 장은 평소에도 자주 아팠고 점점 더 지나치리만치
예민해졌다. 화장실에 가고 싶은데 장애인화장실이 없어
곤욕스러웠던 경험이 축적되면서, 우는 장애인화장실이
없을 만한 곳에서 꼭 배앓이를 했다. 나는 그것을 세상이
만들어낸 병이라고 여겼다.

　우리는 장애인화장실을 찾아 뛰고 있다. 지하철역으로
공원으로 높다란 건물들로. 그곳들은 아득하게 멀리
있거나, 어렵게 찾아내더라도 청소도구며 잡동사니로
가득하다. 한 장애인화장실에서 우는 전동휠체어에서
변기로 옮겨 앉으려다 미끄러진다. 우가 바닥으로
떨어지고 몸과 옷이 오물로 젖는다. 사람들이 탄식하며,
얼굴을 찡그리며 우리로부터 물러선다. 왜인지 그
장애인화장실에는 우리를 보고 있는 사람들이 있다.
우리에게는 여분의 옷도 우리를 데리러 올 사람도 없다.
나는 몸으로라도 우를 닦고 싶어서 우의 몸을 끌어안는다.

　또 어떤 꿈에서 우는 일어설 수 있다. 기립한 우가
나보다 훌쩍 커서 나는 놀란다. 우, 일어설 수 있잖아! 내가
말하자 우는 대답한다. 은빈 없이 많은 것들을 혼자 하다
보니 전에는 할 수 없던 것들을 할 수 있게 되었어. 우를
보자마자 나는 그동안 아프고 아팠던 긴긴 시간이 모두
괜찮아지고 더없이 마음이 가벼워진다. 우리는 손을 잡고

그동안의 못다 한 이야기를 하러 멀리 떨어진 아름다운 동산으로 간다. 도중에 우리는 사람들의 끝없는 행렬을 만나 서로로부터 멀어진다. 우에게 전화를 하려고 하는데 사람이 너무 많아서인지 전파가 잘 터지지 않는다. 그 와중에 나는 바보같이 번호를 잘못 누르는 바람에 엉뚱한 나라의 사람과 말이 통하지 않는 대화를 한다. 그러는 동안 우리 사이의 거리는 한참 벌어지고, 나는 자그매진 우의 등을 애타게 바라보며 사람들 사이를 헤치고 그의 뒤를 쫓아간다. 우는 가파르고 경사진 곳을 혼자 위태롭게 내려가다가 그만 높은 데서 떨어져 죽는다.

　우리는 좋은 시간도 많이 보냈는데 그런 것들은 꿈에 잘 나오지 않는다.

✦

　열아홉 살이 되었을 때 우는 자도 자도 몽롱하고 숨이 차다고 느꼈다. 우의 가족들은 그것을 정신력으로 이겨내야 할 수험생의 스트레스라고만 생각했다. 알고 보니 그 증상은 근육병이 진행된 결과였다. 심장과 호흡근도 근육이어서 병이 자라나는 만큼 그의 장기도 꾸준히 약해졌던 것이다. 특히 잠을 잘 때면 호흡이 아주 얕게 잦아들었다. 약해진 폐는 이산화탄소를 제대로 배출하지 못했다. 우는 늘 약간씩 헐떡이며 잠을 잤다. 스무 살 이후로는 밤마다 호흡기를 착용해야 했고 정기적으로 입원해 검사를 받았다.

우가 잠들면 나는 우의 옆에 앉아 호흡기가 그의
폐에 공기를 넣는 소리를 들었다. 호흡기는 고른 속도로
우의 폐에 많은 공기를 집어넣었다. 폐가 쪼그라드는
것을 방지하도록, 폐활량을 유지하고 더 큰 호흡을
하도록, 잔존하는 이산화탄소를 원활하게 배출하도록
하기 위해서였다. 투입되는 공기의 양은 너무 많아서
집어넣는다는 표현보다는 때려넣는다는 표현이 어울렸다.
호흡기의 작동과 우의 호흡이 이따금 어긋날 때면 곧잘
빠앙 하고 큰 소리가 났다. 공기와 공기가 양쪽에서 강하게
충돌하면서 마스크 밖으로 크게 바람이 새는 소리였다.

호흡기를 하고 잠든 우는 잠의 바닥으로 내려가는
잠수부 같았다. 우리의 작은 방에서 증폭된 우의 호흡
소리가 닿지 않는 곳은 없었다. 그 방에 앉아 잠든 우를
바라볼 때마다 그의 피가 돌고 있고 심장이 뛰고 있고 폐가
팽창과 수축을 반복하고 있다는 사실을 상기했다. 나는 몸
안의 각종 장기들 또한 근육으로 이루어져 있다는 사실을
자꾸 잊었다. 그런 사실이 흐릿할 바에는 차라리 지나치게
명료하기를 바랐다.

잊는 것은 일종의 방어기제였다. 우의 병을 나눠 가질
수 없다면, 우의 병이 죽을 때까지 우만이 풀어야 하는
무겁고 고단한 숙제라면, 우가 매우 취약하고 어이없을만치
죽기 쉬운 몸을 가졌다는 사실을 절박하게 잊어버려야
했다. 그래야 밥을 먹고 잠을 자고 하루를 살 수 있었다.
나는 침대에서 일어나고 싶었고 씻고 싶었고 학교에 가고

싶었고 친구들을 만나고 싶었다. 잠자리에 누워 잡히지
않는 불투명한 미래가 아니라 내일의 자질구레하고
구체적인 할 일을 생각하고 싶었다.

　　마스크가 벗겨지거나 마스크와 호흡기 본체를 잇는
호스가 빠지면 날카로운 4도 화음의 경고음이 울렸다. 도
라파 라파…… 도 라파 라파……. 명랑하지만 끝을 맺지
않는, 긴장감을 자아내고 불안을 조성하는 화음이었다.
근육병이 많이 진행된 사람들은 이렇게도 죽었다고, 벗겨진
마스크를 자기 손으로 다시 뒤집어쓰거나 분리된 호스를
도로 꽂을 수 없어 죽었다고, 우 역시 언제나 어디에서나
아무 이유로나 죽을 수 있다고 환기하는 경고음이었다.
나는 왠지 모를 저항감으로 경고음이 한참 홀로 나도록
내버려두었다. 늘 잠을 설치곤 하는 우가 호흡기 없이 얕은
숨을 몰아쉬며 자는 것이, 우의 약간 가쁜 숨소리를 듣는
것이 좋았다.

　　도 라파 라파…… 도 라파 라파…….
　　4도 화음 속에서 우는 시체처럼 미동도 없이 낮잠을
잤다. 그러고는 오후 늦게 깨어나 조금 전에 꾼 꿈에 관해,
하나같이 섬뜩하고 유혈이 낭자한 악몽에 관해 들려주었다.

　　　✦

　　언젠가 우의 활동지원을 하는 것으로 생계를 꾸리고
싶다고 친구에게 말한 적이 있다. 친구는 물었다. 그러면 안
되는 거 아니야? 그 순간 말문이 막히고 귀가 붉게 달아오른

것은 사실 나도 얼마쯤 그렇게 생각하고 있었기 때문이다.
우와 사는 것으로, 우를 돌보는 것으로 돈을 벌면 안 되는 것
같았다.

그러나 우를 돌보는 것이 별일이 아니라고는 결코 말할
수 없었다. 나는 언제부턴가 우를 돌보는 일만을 하고 있었다.
우를 돌보는 것 말고는 다른 일을 할 수가 없었다. 우와
있으면서 회사에 다니고 일을 하고 돈을 버는 건 불가능했다.
실현 가능한 미래의 세부사항을 그려보려고 매일매일 애쓴
것은 우리가 어디로 가야 할지 구체적으로 알고 싶어서였다.
하지만 코앞의 날들조차 온통 뿌옇게만 보였다.

세상이 우를 가지고 인질극을 하는 것 같았다. 장애인
애인을 가지고 싶으면 장애인 애인 말고 다른 건 가져서는
안 된다고 말하는 것 같았다.

나는 장애인 애인을 가졌으면서 다른 것도 가지고
싶었다. 욕심이었을까? 욕심이라고 생각할수록 더욱 그렇게
하고 싶어졌다. 때로 적나라하게 물질적인 것들이 마음을
잡아끌었다. 예쁘게 차려입는 사람이 되고 싶었고 정갈한
의자가 있는 집에 살고 싶었다. 어떤 때에는 몇 번 바르지도
않을 화장품을 있는 대로 모으고 입지도 않을 옷을 잔뜩
사서 비좁은 서랍장 한 칸 안에 꾸역꾸역 욱여넣었다.

어느 날은 친구의 자취방에 갔다가 그 집에서 본
접시며 식기 따위를 며칠이고 생각했다. 올리브절임 단지
하나까지도 다 그 애 거라는 게 부러웠다. 우와 나는 오랜
시간을 함께 보낸 뒤에도 여전히 우리의 공간을 스스로

결정할 수 없었고 우리의 손으로 우리 자신을 먹여살릴 수 없었다. 우와 나는 늘 덤터기가 되어 우리를 도와주는 다른 이들의 호의와 능력에 손을 벌렸다.

우와 제주도에 한번 가보는 것이 소원이었다. 항공사와 몇 차례씩 통화하며 비행기에 전동휠체어를 실을 방안을 알아보다가도, 그렇게 도착한 제주도에서 어떻게 움직이고 이동할 것인가의 문제 앞에서 번번이 단념하고 말았다. 서울에서도 마찬가지였다. 항상 예상 도착 시간보다 한두 시간 가량 일찍 출발했지만 지각하는 일이 다반사였다. 나는 언제부턴가 좋았던 여행지에 대해 들려주는 친구들의 이야기를 한쪽 귀로 슬그머니 흘려보냈다. 방학이나 휴가철이면 바다 건너로 여행을 다녀오는 사람들의 SNS 게시물을 피해 스크롤을 빠르게 내렸다.

생일이나 기념일처럼 좋은 날이면 우와 나는 삼성 코엑스몰이나 여의도 IFC몰 같은 대형 종합쇼핑몰에 가서 놀았다. 그런 고도로 상업화된 공간들만이 공원이나 전철역 같은 공공장소와 마찬가지로 턱이 없고 널찍한 장애인화장실을, 전동휠체어가 출입하기에 무리 없는 엘리베이터를, 우리의 큰 부피로도 자유롭게 오갈 수 있는 넉넉한 공간을 마련해주었다. 그러나 그곳에 있었다고 해서 우리가 그 세계의 거주민이었던 것은 아니었다. 소비자일 수는 있었어도. 우리는 그곳에 속해 있지 않았다. 우리는 안이 훤히 들여다보이는 화려한 유리 엘리베이터를, 쇼핑을 나온 사람들과 유모차로 꽉 찬 그 엘리베이터를 몇

차례씩 그냥 보냈다. 열린 문 안에서 우리를 빤히 바라보는
어린이들의 말간 얼굴을 남몰래 노여워했다.

　　나는 전형적이고 세속적인 것들, 말초적이고 그럴싸해
보이는 것들을 원했다. 예쁘고 귀여운 게 갖고 싶었고
맛있는 게 먹고 싶었고 멋진 여행을 가고 싶었고 쾌적한
집에서 살고 싶었다. 엄청 재미없고 무지 좋아 보였다.
그런 걸 원한다는 게 자존심이 상했다. 내가 초라한 것도
우와 있는 내가 초라하다고 느끼는 것도 싫었다. 건강하고
유능한 친구들을 만나고 있으면 마음이 어두워졌다. 애꿎은
우를 미워하게 될까 봐 겁이 났다. 욕망과 질투와 미움과
열등감이 손발을 하나씩 붙들고 각기 다른 방향으로
달려나갔다. 학교 상담실에서 비죽비죽 울었다. 몸
하나로는 모자라요. 아무 바람도 안 생기기를 바라요.

　　　　✦

　　우의 가족들을 존경했다. 우의 식구들은 나의
식구들과는 사뭇 달랐다. 가난하고 억척스러웠다. 명랑하고
성질이 불같았다. 앞뒤가 다르지 않고 호탕하고 쾌활하고
눈물이 많았다. 없으면 없는 대로 별로 절망하지 않고
살았다. 일일이 슬퍼하거나 절망하기에는 삶이 척박하여
모든 것을 빠르게 잊어버렸다. 나는 우의 가족이 터득한
생존의 기술을 잘 익히고 싶었다. 잊어버리기. 천박해지기.
뻔히 있는데 없는 것처럼 굴기. 눈 가리고 아웅하기.
맹렬하고 기적적으로 인지부조화하기.

나는 은은히 돌아 있는 자들이 서로를 키우기 위해
혹독히 지켜온 사랑이 좋았다. 그 사랑을 이어받아
지속하고 싶었다. 우와 나를 지키고 싶었다. 사랑해야지.
필사적으로. 그건 자못 비장하고 딱딱한 결심이었고 내가
가져본 마음 중 가장 예쁘고 연한 마음이었다. 늙은 주인의
곁을 지키는 조그만 털복숭이 개의 진지한 얼굴처럼.

우를 떠나기 위해서 그 마음을 다 아작내고 나오지
않으면 안 되었다.

내가 내게 너무 소중했다는 사실이 돌이킬 수
없이 상처가 되었다. 한편으로는 궁금했다. 내가 정말
힘들었을까? 정말로 힘들었던 거라면 괜찮을 것도 같았다.
그러나 내가 고통받았다는 증거는 불충분했다. 기록하지
않아서 잊어버린 것인지 혹은 인지부조화의 상태를
유지하기 위해 그때그때 부지런히 폐기했던 것인지
모르겠다.

내가 힘들지 않았었다면 나는 겨우 그런 그럴싸한
바람들에 질 정도로 조금밖에 우를 사랑하지 않은 것이고,
내가 정말로 힘들었다면, 그런데 그걸 애써 무시해온
거였다면 내가 그토록 의지했던 내 사랑은 나를 전혀
지켜주지 않은 것이다. 그렇다면 내가 그토록 절박하게
아꼈던 것들, 내게 있는 것이라곤 오로지 이것들뿐이라고
여겨졌던, 나를 무너지지 않게 지켜준다고 철석같이 믿었던
'정말인 순간들'은 다 무엇이었을까?

우는 나와 우는 우는

우를 알게 된 것은 연극동아리에서였다. 그해 여름
정기공연 무대의 배우였던 나는 음향 스태프였던 우의
이름을 마니또 게임에서 연달아 뽑으며 그의 비밀 친구가
된다. 우와 나는 공연이 막을 내린 뒤에도 지하철역과 학교
정문 사이에 놓인 언덕길을 여러 차례 함께 오갔다. 서로의
이야기 창고가 꽤나 흥미롭다는 사실을 발견한 두 사람은
실없는 농담부터 선뜻 꺼내기 어려운 비밀 이야기까지
다채롭게 주고받다가 각자의 내면에서 끝없는 이야기가
화수분처럼 솟아나온다는 것을 알아차렸다. 우리는 계절과
계절을 잇는 길이 낙엽길에서 눈길로 변하듯 나란히 사랑에
빠졌다. 비가 올 때 우산이 하나만 있으면 된다는 사실을
알게 되어 좋아하고, 같이 아는 노래들이 늘어나 좋아하고,
이따금 서로에게 서운해도 서로로 인해 마음 아플 일이
생긴다는 것에서 변태같이 또 좋아했다. 우와 나는 여느
연인들이 그러하듯 세상에서 가장 찬란한 사랑을 하고
있다는 착각을 만끽했으나, 사실은 여느 사랑이 그러하듯
크게 특별할 것도 극적일 것도 없는 사랑을 했다.
　　우와 나는 어디에서나 눈에 띄는 연인, 많은 관심과
주목을 받는 연인이었다. 인기 비결을 꼽자면 단연 우의
크고 묵직한 전동휠체어 때문이었다. 우는 앉아 있고 나는
서 있다. 우는 휠체어를 타고 나는 걷는다. 우는 장애인이고
나는 비장애인이다. 이 조합이 빚는 많은 경우의 수가 크고

작은 사건이 되어 파도처럼 밀려왔다. 그중 어떤 것들은
예상 범위에 그럭저럭 속해 있기도 하고 일부는 지나친
기우로 밝혀졌지만 어떤 것들은 큰 몸집으로 덮쳐와 우와
나의 마음을 무너뜨렸다. 그럴 때면 우와 나는 서로의 작은
말에도 쉽게 걸려 넘어지고 아무리 노력해도 눈물을 참지
못했다. 그래도 우리는 같이 걸었다. 우는 단단한 휠체어
바퀴로, 나는 작은 종아리와 두 발로.

    몇 차례의 파도 중에서도 가장 두려워하고 피하고
싶었던 것은 가족의 반응이었다. 전부터 아슬아슬했던
가족과의 관계는 장애인인 우와 연인이 된 이후로 무척
위태로워졌다.
    우의 몸이 '일반적'이지 않다는 사실을 처음 말했을 때
나의 엄마 수미는 이렇게 말했다.
    그렇게 일방적으로 통보하면 우리더러 어쩌라는
말이냐?
    나의 아빠 경선은 말이 조금 더 길었다.
    아빠네 학교에는…… 휠체어 타는 학생이 한 명
있는데. ……그 친구한테는 도우미 학생도 한 명 붙는데.
……점심시간에는, 어? 야. 걔가 밥을 못 먹어…… 어?
알겠냐? ……지는 밥을 먹는데 걔가 밥을 못 먹는다고.
……알아듣겠냐? 어? ……아빠가 지금 무슨 말 하는지?
    두 사람은 무척 다른 방식으로 이야기하고 있었지만
누가 먼저랄 것도 없이 같은 결론에 다다른 듯했다. 그들은

혹여 딸이 상처받을까 말을 아끼고 있었다. 그럼에도
말씨와 태도와 표정에서 묻어나오는 가다듬어지지 않은
감정이 말보다 앞질러 날아와서 그들의 진심이 무엇인지를
알려주었다.

왜 대답이 없어? 지금 무슨 말 하는지 알겠냐고?

너무 알겠어서 목구멍 안쪽이 다 따끔따끔했다. 이
순간부터 서로가 이해와 설득에 속해 있지 않은 영역으로
발을 들이게 되었다는 것까지 아주 잘 알겠어서. 나는
오밤중에 짐을 싸며 서럽게 울었고 그날 밤 내 울음소리는
우의 귓속으로 남김없이 흘러들어갔다.

이후에도 우와 나는 몇 개의 연극을 같이 올리고 여행을
다니고 수영을 하고 공연을 보러 다니고 사진을 찍었다.
나는 휠체어 바퀴에 발이 끼어도 순발력 있게 발을 뺄
줄 알게 되었고 우를 더 잘 업게 되었으며 우리를 동정의
대상으로 보는 타인에게 짧고 강하게 혐오를 드러내는
것을 연습하고 우리 자신을 작업의 대상으로 삼는 크고
작은 프로젝트들을 기획하기도 했다. 그동안 가족과의
대화는 눈에 띄게 줄었다. 이따금 하는 통화에서도 밥은
먹었다느니 이번 학기 수업에 과제가 많다느니 하는 뜬구름
잡는 이야기들만 오가다가 사라졌다.

시간이 흐르며 가족과의 갈등은 다시 수면 위로
올라왔다. 장애예술에 관심을 갖고 장애인극단에서
공연을 준비하는 것, 남들은 취업 준비를 할 시간에

장애인권동아리에 가입한 것, 동아리 활동의 일환으로
장애인식과 관련한 영상을 제작하고 페이스북에
업로드하는 것 등등이 가족의 불안을 더욱 자극했던 것
같다. 그들은 이제 나를 정말 문제가 있는 상태로 여기는
듯했다. 나의 할머니 춘자는 신문에 날 일이 아니냐며
내 등을 철썩 때렸다. 수미는 이만 우와 헤어져줬으면
좋겠다고 냉정하게 말했다. 원체 말이 없던 경선은 이 일에
관해 아무 말도 하지 않으려 노력한 결과 딸과 아무런
대화도 하지 않게 되었다. 나는 입을 다물었다.

　　그러나 오빠 수빈과의 갈등은 입을 다무는 것만으로
피할 길이 없었다. 수빈과의 마찰은 유난히 두드러졌는데,
그는 내가 겪는 모든 정서적이고 관계적인 문제의 중심에
우가 있다고 생각했기 때문이다. 너야 물론 인정하고 싶지
않겠지. 근데 네 모든 행동이 그걸 증명하고 있잖아. 수빈의
말에 나는 진절머리를 쳤다. 그건 그냥 까마귀 날고 배
떨어진 거잖아. 나는 마침내 전화기에 불쑥 소리를 질렀다.
우 때문에 이 모든 일이 일어난 게 아니라 원래부터 나한테
있었던 문제들이 이걸 계기로 눈에 보이게 된 것뿐이잖아.
어떻게 이 모든 게 한 사람 탓일 수가 있겠어? 그건 너무
부당한 비약 아니야? 나는 이어서 그것이 왜 부당한
비약인지 차분하고 설득력 있는 설명을 개진하려고 했다.
그러나…… 다음 순간 나는 턱을 딱딱 부딪치면서 고래고래
고함을 지르는 스스로를 발견하게 된다. 아무것도 모르면서
함부로 말하지 마!

　나는 모든 연락망에서 수빈을 차단하고 휴대폰을
바닥에 내던졌다. 그러고도 분을 풀지 못해 자취방 바닥을
발로 쾅쾅 구르며 연신 소리를 질러댔다. 마침내 주저앉아
울게 되기까지는 한참의 시간이, 솔직한 마음을 마주할
약간의 용기가 더 필요했다. 분하고 서글펐다. 애인을
번쩍번쩍 들쳐 업는 슈퍼우먼이 되기에는 아름답지도
강하지도 않아서. 내가 이길 수 있는 것이라고는 근육병이
잠식한 우의 손을 잡고 하는 하나마나한 팔씨름뿐이라서.

　가족과의 갈등으로 속 끓이던 어느 밤 고시촌의
골목에서 술을 잔뜩 마신 우를 데리러 갔다. 메스꺼워하는
우의 등을 팡팡 두들기며 고민에 빠졌다. 내 자취방은
엘리베이터가 없는 건물 3층에 있었다. 아직 우를 업고
그렇게까지 많이 올라가본 적은 없었다. 그러나 만취한
우를 전동휠체어에 태워 혼자 돌려보낼 수도 없었다. 우는
혼자 귀가할 수 있다고 줄곧 고집을 부리는 중이었다. 그거
음주운전 아니야? 우는 배시시 웃기만 했다.
　나는 원룸 건물 앞 조그만 공터에 전동휠체어를
주차시키고 우의 지갑과 휴대폰을 주머니에 쑤셔넣은 뒤
몸을 가누지 못하는 우를 들쳐 업었다. 물에 젖은 솜처럼
무거워진 우는 축 늘어져 부드러운 반죽처럼 흘러내렸다.
비틀거리며 네 발로 기어 3층까지 올라가는 데 시간이
얼마나 걸렸는지 모르겠다. 도어락의 비밀번호를 두어
번 틀려 애를 먹고 나서 신발을 신은 채로 방에 들어갔다.

비오듯 땀을 흘리며 메치다시피 하여 우를 침대에 눕혔다.
그를 어떻게든 씻겨야겠다는 생각은 가글액과 함께 꿀꺽
소리를 내며 우의 목구멍 너머로 가볍게 넘어갔다. 대충
샤워를 하고 땀에 젖은 옷을 갈아입었다. 로션을 덜어 두
얼굴에 나누어 바르는 동안 우는 얌전히 눈을 감고 누워
있었다. 불을 끄고 침대 속으로 기어들어가자 우는 나직이
웅얼거렸다.

　나 아까 술 깨려고 이 근방 돌았다.

　화장실 안 가고 싶어?

　이 동네 오르막길이 많데.

　얼른 자.

　바람도 시원하고 길은 곧아서 계속 계속 올라갔다.

　토할 것 같으면 말해.

　계속 계속 올라만 갔어.

　알았어 몰랐어.

　나는 있잖아, 어떤 길도 다 갈 수 있어.

　대답을 좀 해.

　내 휠체어는 튼튼해. 다 갈 수 있어.

　…….

　아무리 울퉁불퉁하고 비탈진 길도. 아무리 경사지고
험한 길도.

　알지.

　근데 그게 너무 얄궂잖아.

　뭐가.

　그래봤자 아무리 낮은 계단도 못 가는데.

　우는 숨죽여 울었다.

　나는 한동안 우가 우는 소리를 들었다. 혈관에 알코올이
침투하는 것처럼 몸 구석구석으로 짠 슬픔이 스며드는
것을 보았다. 베개와 머리카락을 적시는 그 따뜻하고
축축한 것이 특별할 것도 극적일 것도 없는 우와 나의
사랑인 모양이었다. 세상의 여느 것과 다를 바 없는 평범한
사랑인데도, 어디에나 굴러다니고 노상 발에 채이곤
하는 그토록 흔해 빠진 사랑인데도 왜 이렇게 힘이 들고
무거운 것인지 알 수 없었다. 서럽고 분하고 섭섭해서,
그런데 무엇이 그렇게 서럽고 분하고 섭섭한지 알 수
없어서 나도 몸을 웅크리고 울기 시작했다. 이를 악물고
입술을 깨물어도 멎지 않는 울음소리를 방음이 잘 안 되는
고시촌의 작은 방들이 잠자코 들어주었다.

　우리는 새벽이 오는 시간에 잠들었다. 방에는 한낮에도
볕이 들지 않아서, 시곗바늘이 어느 방향을 가리키건 간에
언제까지고 옅은 어둠 안일 수 있었다. 우와 나는 계속 잤다.
아침이 지나가고 낮이 찾아와도, 서로를 부둥켜안고, 우는
고로롱고로롱 소리를 내고 나는 이불을 차면서, 머리맡을
흘러가는 맑고 흰한 슬픔에 나란히 얼굴을 묻고 곤히 잠을
잤다.

우는 나와 우는 우는

2015년 3월, 서울대학교 장애인권동아리 '턴투에이블'의 문집 창간호
《첫걸음》에 실렸던 글이다. 당시의 제목은 〈그 여자의 애인은
장애인이다〉였다. 처음으로 나와 우에 관해 쓴 글을 모르는 이들에게
보였다. 이 글을 포함해 이 책에 수록된 부록들은 지난 십 년이 넘는
시간 속에서 드문드문 쓰인 과거의 글들이다. 우와 나는 이 글들로부터
각기 많이 멀어졌지만, 글과 글 사이에서 우리가 차츰 어떻게 달라지고
이동해갔는지를 보이고 싶다.

2장

몸이라는 이름의 집

수술받기 전에는 바닥에서 의자로, 침대로, 또 바닥으로
마음대로 오르내리곤 했어. 우리는 밥을 먹던 중이었다.
거짓말 하지 마. 정말로 믿기지 않아서 나는 말했다.
거짓말이 아니라고 우가 말했다. 진짜야. 앉은뱅이긴
했지만. 어디든 갈 수 있었어. 원숭이처럼 휙휙. 나는 그
말을 따라 반복했다. 원숭이처럼 휙휙. 원숭이처럼 휙휙.
휙휙이라는 말이 휘파람처럼 경쾌했다.

　　우는 이야기에 열중하느라 밥을 뜨던 숟가락에서
밥알들을 흘린 줄도 몰랐다. 나는 우의 종아리께에
붙은 밥알을 떼어 먹었다. 자기 종아리에 붙은 밥알도
내려다보지 못하는 우가 한때는 집안 어디든 펄쩍펄쩍
돌아다녔다는 것을 어떻게 상상해야 할까. 내가 모르는
우가 궁금했다. 원숭이처럼 펄쩍펄쩍 바닥이며 의자며
자유롭게 오가던 우. 그러나 이제는 수동휠체어에 앉아
숙여지지 않는 고개를 쳐든 채로 떨어뜨린 밥알을 찾아
손을 더듬거리는 우. 나는 그의 얼굴을 들여다보았다.
어디로든 얼마든지 갈 수 있다는 것을 아무렇지도 않게
믿고 실제로 그렇게 하던 우의 시절이 그 얼굴 어딘가에
들어 있었다.

　　그것은 아직까지도 믿기 어려운 사실들 중 하나다.
초등학교 1학년 때부터 수영을 배워 고등학생 때까지

수영부였다는 사실도, 그가 다른 수영부 선수들과 함께
레인을 오십 바퀴씩 돌았다는 것도, 그렇게 수영하고 나면
무척 허기져서 밥도 먹고 두유도 먹고 으깨진 붕어와
장어의 고소한 살들을 게걸스럽게 먹었다는 일도("그때
붕어즙 많이 먹어둔 덕분에 지금까지도 잔병치레가
없지"라고 우는 한껏 잠긴 목소리로 말했다), 지금의
우를 기술하는 문장들과는 너무나 멀리 있었다. 그것은
무엇보다 근본적으로 허리를 둥글게 마는 우를 상상할 수
없었던 까닭이다. 척추는 여러 개의 뼈와 관절로 이루어져
있어 부드럽고 유연하게 여러 방향으로 구부러지거나
휘어지지만 우의 척추는 이제 그런 시절을 잊었다. 우의
등은 척추를 단단히 고정하고 있는 철근과 나사들 탓에
항상 한 방향으로 꼿꼿하게 펼쳐져 있었다. 근육병은 심한
척추측만증을 합병증으로 동반했고 우는 열네 살 때 무너진
허리를 곧추세우기 위해 등을 가르는 큰 수술을 받았다.
　나는 그의 수술 이야기를 떠올릴 때마다 우의 등을
세로로 쪼개는 길고 울퉁불퉁한 흉터를 선하게 볼 수
있다. 그것은 누가 잘못 그려넣은 철길 그림 같다. 아니면
긴 가시나무 가지 같다. 그것도 아니면 아주아주 오래
살았던 커다랗고 다리 많은 지네의 화석 같다. 그것도
아니면 그 무엇도 아닌 것 같다. 수술 흉터는 그냥 수술
흉터다. 철길이라느니 가시나무라느니 하는 비유는 상처를
설명하기에 충분치 않아서 얼마 지나지 않아 떨어져
나가버리고, 남는 것은 오로지 등 전체를 가르고 있는 길고

또렷한 흉터. 나는 우의 등에 남은 그 흉터에 관해, 아주
옛날에 차갑고 날선 칼을 집어넣어 살을 길게 갈라 생긴
상처이며, 그 상처가 불완전하게 아문 자리라고밖에는 말할
수가 없다.

척추와 골반을 철근과 나사로 묶은 뒤 우의 삶의 많은
것들이 달라졌다. 이를테면 수술 이후 우는 허리를 비틀
수 없게 되었다. 골반을 움직이려고 하면 어깨가 따라
움직였다. 내가 골반을 출렁출렁 움직이는 이상한 춤을
추면 그도 똑같은 춤을, 하지만 그의 경우 골반이 아니라
어깨가 덜렁거리는 바람에 나와는 영 달라져버리고 마는
그런 춤을 추었다. 또 그는 자유형도 평영도 접영도 할 수
없게 되었다. 다른 수영부 선수들과 레인 오십 바퀴를 돌고
집에 돌아와 붕어와 장어를 먹었다는 우는 이제 수영장에
갈 때면 많아야 세 바퀴, 적으면 한 바퀴를 겨우 돌 수
있었다. 또 그는 두 번 다시 자신의 눈으로 자기 몸뚱이를
내려다볼 수 없게 되었다. 그의 목 관절이 점점 위를
향해 굳어가기 때문이기도, 걷지 않게 된 시점부터 그의
허벅지와 종아리가 점점 더 쪼그라들었기 때문이기도 했다.
어쨌거나 살아오면서 그는 매일 조금씩 더 고개를 숙일
수도 뒤를 돌아볼 수도 없게 되었다.

여기, 하면서 우는 내 손을 가져가 자신의 왼쪽 발목을
만져보게 했다. 유달리 건조하고 딱딱한, 손바닥만한
넓이의 굳은살이 만져졌다. 내가 어디로든 다녔다는 증거는
이제 이것뿐이야. 관절과 척추가 고정되지 않았던 시절

그는 그 왼쪽 발을 엉덩이 아래에 깔고 오른쪽 무릎을
세워 몸뚱이를 여기저기 미는 방식으로 움직였다고 했다.
그러나 이제 그의 다리들은 대개 휠체어 발판 위에 얌전히
놓여 있었고, 대부분의 이동의 기능을 상실했다. 이제 앞을
보기 위해 그는 반드시 등을 빳빳이 세우고 상체 전체를
앞으로 숙여 팔과 무릎으로 자신의 무게를 받치면서 정면을
응시해야만 했다. 언제나 허리를 깊숙이 숙인 채 동이를
타고 다니는 우의 뒷모습은 한 마리의 거북이 같았다. 한때
원숭이처럼 휙휙 어디로든 다녔다는 그는 이제 거북이처럼
동이 위에 앉아 골목 이곳저곳을 쏘다녔다.

  그 시절이 그립지 않아?

  우는 잠시 생각하고는 말했다.

  글쎄, 별로.

  그는 덧붙였다.

  지금은 지금의 좋은 것들이 있으니까.

  나는 우가 뒤를 돌아보지 않는다는 점을 좋아했다.
단호하게 체념하는 우는 귀엽기도 하고 가엽기도 했다.
그가 다 펴지지 않는 팔을 움직여 숟가락질을 하는 것을
오래 구경했다. 비록 이제 원숭이처럼 움직이지는 못해도
그의 팔은 여전히 원숭이처럼 길었다. 이제는 뼈와 가죽만
붙어 있는 긴 팔. 그 팔은 일종의 흔적기관인지도 몰랐다.
지금은 거북이인 그가 한때는 원숭이였다는 것을 입증하기
위해서 그의 일생에 깊이 관심이 있는 어떤 미래의
고고학자가 그의 굳은살 박인 왼쪽 발목과 함께 제시할

증거물인지도 몰랐다.

　밥을 다 먹고 나서 우는 판피린을 청했다. 나는 감기 조심하세용, 하고 콧소리를 내며 뚜껑을 따주었다. 붕어나 장어 따위를 잔뜩 먹어 잔병치레가 없다던 우는 얌전히 판피린을 받아 마시고 겉옷을 단단히 여미었다. 그리고 내 눈앞에서 주먹을 질끈 쥐어 보였다.

　그래도 가끔씩은 팔꿈치를 완전히 펴보고 싶긴 해.

　그는 보란 듯이 휙휙, 팔꿈치를 기점으로 다 펴지지 않는 긴 팔을 허공에 두어 번 휘둘렀다.

✦

　본인들을 제외하곤 그 누구에게도 궁금하지 않은 이야기일 테니 연인이 어쩌다 사귀게 되었는지를 구구절절 늘어놓는 일일랑 가급적 하지 않는 편이 좋을 테지만……
그날 우의 뺨이 취약해진 소년처럼 붉게 상기되어 있었다는 사실만은 책장의 귀퉁이를 접어두듯 표시해두고 싶다.

　아르바이트를 하는 학교 찻집에서 그날따라 유독 실수를 많이 했다. 긴히 줄 것이 있으니 네 시까지 찻집 앞으로 오겠다는 우의 말에 세 시부터 마음이 콩밭에 가 있었던 것이다. 엎지른 찻물을 닦으면서도 나는 콧노래를 불렀다. 줄 것이란 게 무엇일까? 편지? 아니면 선물? 그러나 그날 네 시 찻집 앞 벤치에 앉은 내가 건네받은 것은 편지도 선물도 아니요, 불그죽죽한 양장 표지의 낡고 두꺼운 책, 빅터 프랭클의 홀로코스트에 관한 자전적 경험이 담긴

에세이 《죽음의 수용소에서》였다.

　사정을 알고 보니, 일단 나를 만나기는 해야겠어서 뭔가 줄 것이 있다고 큰소리부터 치고는 막상 무엇을 주어야 할지 몰라 동동거리다가 그 책을 책장에서 뽑아왔다는 것이었다. 언젠가 내가 그 책을 읽어보고 싶다고 했다나! 《죽음의 수용소에서》로 시작된 비장한 고백은 깜찍하게도 이렇게 끝이 났다.

　지금 나 무지 배고프거든. 너도 좋으면 나랑 같이 저녁 먹으러 가자!

　참나……. 나는 어이가 없어서 반짝거리는 우의 눈을 들여다보다가, 문득 지금 엄청나게 허기지다는 사실을 깨닫는다.

　우리는 따뜻한 것을 먹으러 나란히 언덕길을 걸어내려갔다. 가는 길에 손을 맞잡고 위아래로 마구 흔들었다. 우의 가느다란 팔이 빠질 듯이 삐걱거렸다. 드문드문 먹구름이 내려앉은 흰 하늘이 머리 위로 낮게 드리워 있었다.

　눈이 내릴 것 같아.

　모든 것이 시작되려 하고 있었다.

　　✦

　우와 연애하는 건으로 부모와 절연 직전인 내게 우가 다가와 침착하게 물었다.

　내 폰도 던질래?

나는 축축하게 젖은 베개에서 고개를 들고 흥건한
콧물을 크르릉 삼키며 낄낄거렸다.

우와 있었던 시절 하루에 한 번씩은 꼭 그렇게 허리가
끊어져라 웃었다. 매일을 부지런히 웃었던 그즈음의
우와 나를 떠올려보면 어디 가서 둘째가라면 서러울
행복 전도사, 무한 긍정과 역경 극복의 대명사, 희망을
실어나르는 슈퍼장애인으로 오인되었던 것도 마냥 이상한
일만은 아니었다 싶다. 뭐가 그렇게 좋았는지는 이제 다
잊어버렸다. 살면서 그렇게 많이 웃을 일이 다시 있을지
모르겠다는 것은 알겠다. 좋다는 말에 인색했던 나와 달리
우는 세상의 많은 것을 아낌없이 좋아했다. 나는 세상에
좋아하는 게 별로 없었지만 하루에도 몇 번씩 "좋다"고
말하던 우만은 좋았다. 그는 세상에서 내가 가장 오래, 가장
많이, 가장 깊이 좋아한 무엇이다.

우는 언제나 즉석에서 조그만 게임을 만들어내어 내가
세상과 맺는 관계를 새로이 바꿔주었으며 밑도 끝도 없는
농담으로 짜인 구명밧줄을 던져 파도 속을 구르는 나를
번번이 건져냈다. 나는 절망의 구렁텅이 가장 깊은 곳을
구르다가도 어느새 우의 타고난 광대적 재능에 이끌려나와
세상에서 가장 쓸모없고 우스꽝스러운 놀이들을 하느라
여념이 없었다. 끝이 없는 끝말잇기, 그 누구도 닮지
않은 성대모사, 기상천외한 닉네임 경연대회, 공사 현장
소음측정기가 심판을 서는 발성 콘테스트, 지하철역
이름으로 하는 이행시("사!" "사당 산……" "당!" "당!"),

길가마다 봉긋하게 쌓인 낙엽더미로 하는 허들 경기("암
레디 투 런 투 유(낙엽더미 위로 넘어진다)!" "비장애인인데 이
정도도 못 해?")······.

언젠가는 우를 만나는 일이 즐겁고 좋다고 말했다가
가족들의 화를 머리끝까지 돋운 적이 있다. 가족들은 내가
진지하지 않다고, 당면한 삶의 중요한 문제들 앞에서 계속
딴청을 피우고 있다고 여겼던 것 같다. 그것은 사실이
아니었다. 우야말로 내가 당면한 바로 그 삶이었다. 그 삶이
진실로 즐겁고 좋아서 나는 계속해서 하루하루를 살아낼
수 있었다. 우는 자신을 끊임없이 밀어내는 세상의 자투리
땅에서 매일매일 새 놀이터를 고안해냈고 우리는 우리끼리
만들어낸 놀이와 유희로 세상살이의 설움을 분주히 잊었다.

아무도 보지 않고 지나쳐가는 무언가에서 기어코
진기하고 귀한 구석을 찾아내곤 하던 그 무렵의 우를,
그리로 가만히 나를 데려가 대대로 내려오는 가문의
보물이라도 보여주는 양 눈짓하던 개구진 표정의 우를 아직
기억하고 있다. 그 시절의 우는 어떤 사진으로도 담기지
않고 어떤 말로도 옮길 수 없는 어리고 앳된 모습으로 내
가장 깊은 안쪽에 얼룩처럼 묻어 있다.

✦

그렇게 힘들었다면서 왜 남의 집에 객식구로 얹혀살게
되었는가 하면······ 섹스할 곳이 없었기 때문이다!
마음 편히 섹스하기가 쉽지 않았다. 고시촌에 있는

자취방 근처에는 동이를 주차할 만한 곳이 없었고 우를
업은 채 3층 자취방까지 오르내리는 일은 매번 큰 결심이
필요했다. 그렇다고 어딜 가나 눈에 띄는 전동휠체어를
대동하고서 학교 근방의 모텔촌을 들락거릴 엄두일랑은
나지 않았다. 우리는 한동안 새벽까지 오들오들 떨면서
학교 캠퍼스의 구석구석을 꼼꼼히도 쏘다녔으며 근방의
벤치란 벤치에는 모조리 앉아가면서 달은 몸을 식혔다.
그러나 몸과 마음이 너무 급했던 어느 밤에는 한밤의 야외
풀밭에서 기어이 일을 낼 뻔했다…….

　　우리가 큰 어려움 없이 출입할 수 있었던 곳은 오로지
우네 집뿐이었다. 그 집으로 말할 것 같으면 재학 중인
장애학생들에게 학교가 내어준 가족생활동 기숙사로,
복도식 부엌과 두 개의 방으로 이루어진 10평가량의 낡은
투룸이었다. 우의 어머니가 벽 하나를 두고 건넌방에서
〈두시탈출 컬투쇼〉 레전드 회차를 연달아 청취하는 동안
우와 나는 마침내 침대에 나란히 누워 소리를 죽여가며
서로의 몸을 서툴게 만지고 허겁지겁 입맞추었다.

　　그리하여 드나들기 시작한 우네 집에 나는 어느
날부터인가 은근슬쩍 눌러앉게 된다. 전국 각지에 뿔뿔이
흩어져 살며 불규칙하게 오가는 우의 가족을 대신해
자연스럽게 우를 돌보는 일이 잦아지고 길어졌다.
언젠가부터 나는 자연스럽게 우의 집으로 귀가하고 우의
집에서 과제를 하고 있었다. 우의 어머니가 차려준 밥을
얻어먹고 설거지를 하고 세탁기를 돌리고 방바닥의

머리카락을 훔치고 있었다. 하등 이상할 일이 없다는 듯이
우가 나를 자취방으로 돌려보내지 않고 나 역시 우의
거동에 깊게 개입하게 되었을 무렵, 우의 가족은 우와 내가
깊이 잠든 사이 집 앞 놀이터에 모여 가족회의를 하기에
이른다. 어딘가 희한한 가족회의였다. 이미 나는 그들의
가족으로 지내고 있었기 때문이다. 머리를 맞대고 앉아 그
사실을 마침내 받아들인 우의 가족은 피 한 방울 섞이지
않은 내게 자신들의 집을 선뜻 열어주었다. 우와의 동거는
물론 우의 가족과의 동거까지 시작되었다.

　섹스할 곳을 찾아서 남의 집까지 비집고 들어갔건만
막상 우네 식구의 일원이 되고 나자 생활의 감각이 빠르게
몸에 스몄다. 나는 우네 집에 머물면서 매일매일 우를
일으키고 눕히고 씻기고 옮기고 옷을 갈아입히는 등
활동지원사처럼 우의 일상을 거들었다. 우와 함께하는
생활은 여러모로 더뎌지기 마련이어서 모든 일의 속도가 두
배, 세 배로 늘어지기 일쑤였다. 부지런히 움직이지 않으면
자칫 아무것도 한 것 없이 주어진 하루를 다 소진해버리곤
했다. 먹고 자고 싸고 씻는 것만으로 하루하루가, 한 주 한
주가 성큼성큼 흘러갔다. 나는 누적된 피로감에 낮잠을
자주 청하고 저녁나절부터 까무룩 잠들었다.

　체력이 유난히 빨리 닳았던 데는 팔자에 없는 객식구
노릇에 내내 신경이 곤두서 있었던 탓도 있다. 우의
가족은 내게 너그럽고 관대했지만, 남의 집에 산다는 것은
어지간한 염치로 할 수 있는 일이 아니었다. 매 순간 나는

아무도 내게 주지 않은 눈칫밥을 부지런히 챙겨먹었다.
슬금슬금 책장 한 칸을 비워 내 물건을 수납하거나
손세탁한 면 생리대를 눈에 띄지 않는 집안 구석에 널어둘
때마다(너무나도 눈에 띄었을 것이다⋯⋯) 누가 나를 보고
있는 것만 같았다. 나는 우의 활동지원 일을 하고 있는 나의
인건비와 나를 먹이고 재우기 위해 우의 가족이 소요하는
비용을 따지거나 저울질하고 싶지 않았다. 우와 연애하는
일이 필연적으로 우를 돌보는 일과 분리되지 않는다는
사실을 받아들이기 위해 애썼다.

　나날이 사이가 나빠지는 나의 가족들을 부르는
대신 나는 우의 어머니를 '어머니'라고, 우의 아버지를
'아버님'이라고 불렀다. 그들을 부를 때마다 나는 어딘지
불균형한 두 호칭이 주는 어색함에 어영부영 말끝을
흐리고 말았다. 아무리 생각해보아도 딸이 아닌 내가 우의
아버지를 '아버지'라고 부르는 것은 이상했다. 그렇다고
며느리가 아닌 내가 우의 어머니를 '어머님'이라고 부르는
것도 이상했다.

　경상남도 마산 출신인 그들 또한 언제나 나를 일정하게
잘못 불렀다. '언빈'이가 아니라 '은빈'이라는 우의 일관된
핀잔에 그들은 한동안 부엌 찬장 문에 포스트잇으로 '은'과
'빈'을 따로따로 붙여놓고 발음 연습을 하기도 했다. 그러나
실전에서 연습은 도로아미타불이 되기 일쑤였고 나의
이름은 번번이 "언비이 밥 무라!"로 되돌아왔다.

　우의 가족은 항상 아끼지 않고 우와 나를 배불리

먹였다. 어머니는 우와 내가 음식을 복스럽게 먹지
않는다고 아쉬워하며, 면을 후루룩 소리 내서 먹는
면치기의 기술을 몸소 가르치기도 했다. 우리는 항상 큰
볼륨으로 틀어진 〈두시탈출 컬투쇼〉를 들으며 밥을 먹었다.
김태균과 정찬우가 생동감 있게 들려주는 각종 똥 방구
에피소드들 사이로 후루룩 쩝쩝 소리를 내며 함께 밥을
먹는 '식구' 생활은 생각보다 길게 이어져, 나는 며느리도
딸도 활동지원사도 아닌 누군가로 사 년 반 동안 그 집에
머물게 된다.

✦

　우리가 오랫동안 살았던 가족생활동은 비교적 장애인이
살기 좋은 곳이었다. 따로 마련된 진입로와 현관문을 통해
전동휠체어를 현관까지 들여놓을 수 있게 되어 있었고 집
안팎에 문턱이 없었다. 수동휠체어가 무리 없이 진입할
수 있을 만큼 널찍한 화장실에는 앉은 높이에서도 얼굴을
볼 수 있도록 비스듬히 기울어진 경사거울과 견고한
안전손잡이가 설치되어 있었다. 현관문과 중문, 화장실
문은 모두 자동문이어서 손가락 하나만으로 쉽게 문을 열고
닫을 수 있었다.
　이러한 여건이 갖추어진 집에서 비로소 우는 홀로
전동휠체어와 수동휠체어를 오가고, 외출하거나 집에
돌아오고, 화장실에 가고 침대에 누울 수 있게 되었다. 우가
걸을 수 없게 된 이후 최초로 경험한 이동의 자유였다.

상경하여 처음으로 전동휠체어를 타고 밖에 나가본 우는
목이 마를 때 혼자서 가게에 들어가 콜라를 사마실 수
있다는 것을 깨닫고 깜짝 놀랐다. 그게 너무 좋아서 우는
한동안 매일매일 밖으로 나가 콜라를 사 마셨다.

　　서울에 올라오자마자 그러한 변화가 가능했던 것은
아니었다. 가족생활동의 몇몇 호실들이 장애학생 전용
공간으로 전면 개조되기 전까지는 사정이 달랐다. 제아무리
동이가 튼튼해도 현관문 앞에 놓인 다섯 칸의 계단과 좁은
현관을 뚫을 수는 없었기 때문이다. 그때 우의 집 현관문
앞에는 다섯 칸의 계단을 덮는 간이 경사로가 놓였지만,
경사가 퍽 가팔랐고 젖은 날은 더없이 미끄러웠던 데다,
현관 구조상 우 혼자 힘으로 문밖으로 나설 수가 없었다.
우는 갖은 노력 끝에 좋은 성적을 받고 남부럽지 않은
대학교에 입학했지만, 그 학교에 다니는 동안에도 사사건건
부모님의 도움을 받아야 했으며 혼자서는 화장실 한번 갈
수 없었다. 어린 시절부터 그의 오줌보는 극한의 상황까지
견디도록 혹독하게 단련되어 왔다.

　　개조된 이후의 집이 완전히 '배리어프리'한 것도
아니었다. 우와 내가 쓰는 방이자 우네 가족의 거실이었던
큰방에는 작은 베란다가 딸려 있었고 그 사이에는
무릎 높이의 턱이 있었다. 휠체어를 타는 사람은 절대
일상적으로 넘어다닐 수 없을 높이였다. 그 베란다에선
이따금 믿을 수 없이 지독한 하수구 냄새가 풍겼고 비가
오면 항상 물이 샜다. 그러나 냄새가 습격해오고 빗물이

들이쳐도 우 혼자서는 창문을 닫을 수도 없었고 새는
빗물을 닦을 수도 없었다.

무엇보다도 부엌이 높았다. 그릇장도 싱크대도
전자레인지도 가스레인지도 높았다. 우의 앉은키에서는
싱크대의 외곽을 둥글게 덮는 스테인리스와 전자레인지
불꽃, 프라이팬의 밑판밖에 보이지 않았기 때문에 혼자서는
라면 하나도 끓여먹을 수 없었다. 그 높은 부엌에서 우가 할
수 있는 유일한 음식은 군만두였다. 제한된 시야만으로도
우는 조심스럽게 팬을 기울여 실로 먹음직스러운 군만두를
만들 줄 알았다. 배가 고픈 밤이면 우는 만두를, 황갈색의
바삭한 겉껍질을 씹으면 뜨거운 육즙이 탁 하고 터져나오는
비비고 왕교자만두를 혹여 얼굴에 기름을 뒤집어쓰지는
않을까 걱정하면서 살살 구워 먹었다.

하지만 평생 군만두만 먹고 살 수는 없었다. 언젠가는
더 나은 주거환경에서 살아야 할 터였다. 졸업하면 더 이상
가족생활동에서 살 수 없었기 때문에 우는 계속해서 휴학을
하며 졸업을 유예하고 있었다. 언젠가는 가족생활동을 떠나
우의 집을 찾아야 했다. 나는 자기 전에 누워 부동산 앱을
뒤지곤 했다. 깔끔하고 높고 쾌적하고 환하고 비싼 집들.
낡고 넓고 촌스럽고 친숙하고 오래되고 싼 집들. 언젠가는
세상의 그 많고 많은 집들 중에서 우와 둘이 지낼 집을 찾고
싶었지만, 핸드폰 화면 속의 그 어떤 집에도 도무지 들어갈
수 있을 것 같지가 않았다. 그 많은 장애인은 도대체 다
어디에 살고 있는지 알 수 없었다.

　나는 우가 더 많은 일을 독립적으로 할 수 있는 공간을
원했다. 장애인 거주자가 자립생활을 할 수 있는 집, 설령
타인의 보조를 어느 정도 받아야 하더라도 더 많은 것을
주체적으로 할 수 있는 집이라면 좋을 것 같았다. 하지만
엘리베이터가 있고 전동휠체어가 건물 출입구에서 현관문
안까지 무리 없이 진입할 수 있는 건물은 값비싸고 좁을
것이 분명했다. 집주인과 잘 이야기해서 부분적으로나마
수리를 할 수 있으면 좋겠지만 단칸방 건물의 얇은
벽을 뚫어 안전손잡이 하나쯤 제대로 달 수나 있을지
의문이었다. 아파트나 빌라를 매입해 우에게 알맞도록
개조하면 가장 좋겠지만…… 그러려면 지금 당장 저축을
시작해도 족히 삼십 년쯤…….

　그때까지 우가 살아 있을까? 어느 날 내가 말했다.

　그때까지 안 죽으면 그것도 문제지. 우도 말했다.

　난 진지하게 말하는 건데.

　나도 진지하게 대답했는데.

　우리는 신호등이 바뀌기를 기다리고 있었다. 머리 위
햇빛이 뜨거웠다. 우리는 횡단보도를 건넜다. 아무튼 삼십
년은 너무 먼 미래야. 우는 내게 만 원을 건네며 침착한
어조로 말했다. 나는 비장한 얼굴로 그 돈을 받아들고 낡은
복권 가게에 들어가 로또를 다섯 줄씩 두 장 샀다. 뜨거운
햇빛이 허황된 구름을 피워올리는 금요일 한낮이었다.
우리는 하루 동안 각자의 복권을 지갑에 넣어놓고 깜빡이는
확률의 세계에서 반짝이는 우연한 행복들을 세어보았다.

　　다음 날 저녁에는 쌀국수를 먹었다. 배가 부르자 한없이
낙관적인 마음이 되었다. 어린 아기였던 우에게 아무런
이유 없이 근육병이 찾아왔듯이 인생의 어느 날에는 그의
것이 아니었던 행운이 벼락처럼 찾아올 것도 같았다.
가족생활동으로 올라가는 길에 당첨번호를 확인했다. 늘
그랬듯이 우리의 숫자는 일확천금 근처에도 가지 못했다.
우리는 킬킬대며 로또 종이를 찢었다. 부른 배를 꺼뜨리기
위해 "두껍아 두껍아" 노래를 부르며 공원을 산책했다.
두껍아 두껍아 헌 집 줄게 새 집 다오. 복권 한 장으로
졸부 행세를 하는 금요일 한낮이, 낙첨인 복권을 찢으며
산보하러 나가는 토요일 저녁이 느릿느릿 흘러갔다.

　　　　　✦

　　걷던 시절에는 항상 최선을 다해 걸어야만 했었다고
우가 지나가듯 말했을 때 내가 부끄러움을 느낀 것은, 걸을
수 있는 두 다리를 갖고도 지금껏 열심히 걷지 않았다는
사실을 문득 깨달아서였다. 한편으로 억울함이 곧장 따라
치밀어 올랐던 것은, 나도 나름대로 뭔가 다른 일에 최선을
다하며 살아왔다고 말하고 싶었기 때문이었다.
　　내가 무언가 변명을 했던가? 아니면 마음에 일었던
부끄러움과 억울함을 말하는 대신 우의 무릎을 톡톡
쳐주었던가? 작고 조그만 망치처럼 튀어나와 우의 상체를
떠받치곤 하던, 넘어지면 흥이 지기 딱 좋은 그 무릎을
만지작거리면서, 한동안 어릴 적에 우리 각자가 얼마나

자주 넘어지는 아이였으며 무릎에 앉은 상처 딱지를 떼는 것이 얼마나 짜릿했는지 이야기했던가?

교실 바닥의 타일 무늬가 지금도 눈앞에 선명할 만큼 어린이 우에게 넘어지는 일은 친숙한 것이었다. 수업 중에 오줌이 마려워지면 우의 얼굴은 빨갛게 달아오르고 심장은 콩콩 뛰었다. 종이 치자마자 우는 교실 문을 나서 긴 복도를 부지런히 걸어갔지만 수업 시작을 알리는 종이 치고 나서도 아직 화장실에 도착하지 못한 채로 복도에 서 있었다. 그런 기억들이 차곡차곡 쌓이자 우는 기댈 것이나 잡을 난간이 없는 너른 운동장을 보면 진땀부터 나는 어린이가 되었다. 우는 여러 차례 나누어 쉬어가며 운동장을 건너가는 어린이, 엉덩이에 묻은 흙을 털지 않는 어린이였다. 어차피 조금 있다가 또 앉아서 쉬어야 했으니까.

그토록 열심히 걸었는데도 휠체어에 탄 후로 우는 걷던 시절의 일을 다 잊어버렸다. 어느 날은 부엌에서 설거지를 하던 어머니에게 걷는 것이 어떤 느낌이냐고 물었다가 그만 어머니를 울리고 말았다. 미안하다 우야 미안하다.

어머니는 우에게 무엇이 미안했을까. 어머니가 아니었더라면 우는 훨씬 더 일찍 죽었을지도 모르는데.

우와 나는 부모가 되어보지 않아서인지 그들의 미안함을 온전히는 알지 못했다. 그 미안함을 해소하기 위해 우의 부모님이 얼마나 더 많은 귀한 음식과 약을 구했는지도, 그들이 어떤 마음으로 용하다는 치료법을 찾아 전국 이곳저곳을 누볐는지도 몰랐다. 부단히 잊으려고 했으나 절대로 잊히지 않는 미안함이 그들에게는 있는 모양이었다. 그것은 우가 잊고 싶지 않아도 걷는 느낌을 끝끝내 잊어버리게 된 것과 얼마나 같고 또 다를까.

어느 날 열두 살 우는 물리치료가 끝나고 누군가 자신을 휠체어에 옮겨주기를 기다리다가 전에 없던 강한 충동을 느꼈다. 일어나서 터벅터벅 휠체어에 걸어가 앉고 싶다는 충동을.

갑자기?

응.

왜?

몰라. 너무 아무렇지도 않게 그런 생각이 드는 거야. 내가 방금까지 걸어다녔던 사람인 것처럼. 그땐 휠체어 탄 지도 꽤 됐을 때인데.

그래서 어떻게 했어?

일어났지.

열두 살 우의 어리고 작은 몸을 눈앞에 그려본다. 그 몸은 물리치료 기계 장치 속에서 피어오르는 증기와 함께 식고 있는 중이다. 그다지 멀지 않은 거리에 수동휠체어가 놓여 있다. 휠체어에 다가가 앉기 위해 그는 발을 땅에 디디고 일어서려고 한다.

진짜로 일어났다고?

아니. 당연히 넘어졌지.

뭐야.

그에게는 일어설 수 있는 다리 힘이 없다. 무게중심을

싣자마자 무릎이 푹 꺾이면서 우는 풀썩 쓰러진다.
사람들이 깜짝 놀라 달려온다. 우의 윗몸을 일으키고,
휠체어를 가져오고, 두 겨드랑이 아래 팔을 끼워넣어
들어올리고, 휠체어에 앉혀준다. 질문들이 쏟아진다.
물리치료사와 간호사와 의사가, 우의 어머니와 아버지가
묻는다. 우야, 왜 그랬어? 왜 일어서려고 했어? 우도 모른다.
그냥 그때는 정말로 벌떡 일어날 수 있을 것만 같은 기분이
들었다고 했다.

　웃기지.

　아니.

　그것이 걷기에 대한 우의 마지막 시도였다. 이후로 우는
척추 수술을 받고 구조적으로 직립할 수 없는 신체를 갖게
되었기 때문에.

　여전히 걷고 싶어?

　응.

　비장애인이 되는 걸 자주 상상해?

　그렇지는 않아.

　선택할 수 있으면 근육병이 없는 인생을 선택할 거야?

　당연하지.

　근육병을 없애면 나를 못 만날지도 몰라.

　안 되는데.

　근육병에 대한 우의 입장은 늘 복잡하고 알쏭달쏭해서
나를 헷갈리게 했다. 대답들은 비슷한 것 같으면서 모두
달라서 우가 병을 얼마나 익숙해하는지, 친밀해하는지,

긍정하는지, 미워하는지 미스터리였다. 이해할 수 없고
종잡을 수도 없으며 늘 예측이 어긋날 수밖에 없는 몸.
우의 어머니는 바로 그게 미안할지도 몰랐다. 우에게 병은
영원히 화해할 수 없고 해결할 수도 없는 숙제이기 때문에.
아무리 좋은 것을 먹이고 길러내도 절대로 새로 자라나지
않는, 시간이 흐를수록 점점 더 작아지고 무력해지기만
하는 몸이라는 가혹한 문제를 죽을 때까지 우만이 풀어야
하기 때문에.

　그토록 열심히 걷기에만 골몰했던 시절이 있었는데
걷는 느낌은 남지 않고 걷기에 실패하던 순간들만이
선명하다는 것은 얄궂게 여겨졌다. 아무래도 그런 기억은
머리로 하는 기억이 아니라서 그럴지도 몰랐다. 형성된
근육을 찢고 다시 새 근육을 만들던 허벅지와 종아리가
먼저 그 시절을 잊었기 때문일지도 몰랐다. 우는 꿈에서도
걷지 않는다고 했다. 꿈에서 그는 항상 동이 위에 앉아
있거나 무중력 공간에서처럼 수영을 해서 이동한다고 했다.
언젠가 운이 좋은 꿈에서는 우의 등에 업혀볼 수 있을까.

　가끔 수영장에서 우의 등에 매달려보았다. 그의
몸은 너무 작지만 물의 부력을 빌리면 정말로 업혀 있는
것 같았다. 요청하면 그는 자신의 종아리를 만져보게
해주었다. 그의 종아리에는 뼈와 가죽만 남아 있는 듯
보였지만 힘을 꽉 주면 의외로 단단한 근육이 숨어 있다는
것을 알 수 있었다.

　나는 그의 다리에서 손을 떼며 말했다.

　가끔은 우가 벌떡 일어나서 당장이라도 달려다닐 수 있을 것 같아.

　걷는 우를 한 번도 본 적이 없어서인지 내가 진짜로 그런 광경을 기원하고 그리워하는지는 확신할 수 없었다. 물리치료실에서 문득 휠체어를 향해 발을 내딛는 열두 살 우의 모습이라면 꼭 한 번은 보고 싶기도 했다. 그러나 언젠가 진짜로 그가 휠체어에서 벌떡 일어난다면 나는 너무 놀라서 그의 뺨을 철썩 때릴지도 몰랐다.

✦

　언젠가부터 이상한 소리가 우의 귀에 걸렸다.

　드르르르륵…… 드르르르륵…….

　동이의 오른쪽 뒷바퀴에서 나는 소리였다.

　문제의 소음은 동이가 으레 내는 여타의 소리처럼 규칙적이었으며 그다지 크게 다르지도 않았다. 예컨대 드르르르륵…… 드르르르륵……은 돌돌돌돌돌돌돌, 왜애애앵- 끼익! 딸깍딸깍, 찰칵찰칵, 덜커덩! 등등과 비교해 그다지 위화감이 없었다. 그러나 우는 무엇인가 잘못되어간다는 감각에 무척이나 예민했다. 드르르르륵…… 드르르르륵……을 주의 깊게 들어본 뒤 그는 나쁜 일이 발생했다고 결론지었다. 여기저기 사과하고 양해를 구하는 것을 일상으로 삼아온 사람이 서른 해 가까이 갈고닦은 판단력이었다. 여태껏 한두 번 좇돼본 게 아니라는 뜻이다.

동이를 처음 타기 시작할 무렵에도 양쪽 앞바퀴에서 이런 소리가 난 적이 있었다. 우는 수리를 미루고 미루다가 앞바퀴가 컨트롤러의 명령과 정반대로 움직이는 지경에 이르러서야 수리기사를 불렀다. 당시 수리기사는 앞바퀴를 분해해 내부를 보여주었다. 양쪽 바퀴를 본체와 연결하는 나사들이 모두 부러져 있었다. 사고 나요, 이렇게 타면.

'이렇게' 탄다는 게 무슨 말인지는 정확히 알 수 없었다. 우가 동이를 험하게 모는 일은 드물었기 때문이다. 전동휠체어 이용자들의 운전 스타일은 참으로 다양한 그네들의 성격을 반영하는데, 그중에서도 우의 주행은 라이더보다는 산책자에 가까웠다. 서두르는 것을 싫어하는 데다 산보 나온 개와는 멈춰 서서 인사를 해야 했으며 예쁜 고양이를 보면 카메라를 꺼내 사진도 찍어야 했기 때문이다. 그래서 동이의 바퀴는 대체로 자기 조각을 잃어버린 동그라미가 찬찬히 땅을 구르듯 느긋한 속도로 굴러다녔다.

그런 동이인데도 왜 이렇게 고장이 잦은 것일까. 그해 들어 동이는 이미 세 번이나 수리를 받았다. 1월에는 왼쪽 기어를 수리했다. 새 제품으로 교체하는 것이 너무 비싸 임시방편만 취했는데도 비용이 만만찮았다. 4월에는 오른쪽 뒷바퀴가 삐걱이기 시작했다. 양쪽 뒷바퀴 타이어도 무늬가 다 닳아 그때 다시 달았다. 그로부터 한 달 만에 수리를 받았던 왼쪽 기어가 완전히 나가버렸다. 가만 보자. 생각해보니 작년에는 배터리도 교체했었네.

우는 그런 생각을 하느라고 휠체어 수리기사에게
보내는 문자를 곧장 전송하지는 못했다. 동이와 함께하는
삶은 편리하지만 값비쌌다. 사실 동이가 있는 삶과 없는
삶의 차이란 결국 집 안의 화장실만 가느냐 종종 전철역의
장애인화장실도 가느냐 정도에 불과할지도 몰랐다.
그러나 설사 그만큼의 차이뿐이라고 해도 별다른 도리는
없었다. 어쨌든 세상에는 나갈 수 있어야 하고 집 밖에서도
화장실은 가야만 했으니까. 전동휠체어 수리기사에게 다음
주 일정을 묻는 문자를 보내고 나서 우는 통장 잔고를 오래
들여다보았다.

며칠 뒤 수리기사가 찾아왔을 때 나는 싱크대에 쌓인
그릇들을 씻던 중이었다.

계십니까! 수리기사는 목소리가 엄청나게 컸다.

깜짝 놀라 돌아보았을 때 그는 이미 모기장 문 너머로
현관에 놓인 동이를 살피고 있었다. 내가 영문 모르는
표정을 짓자 그는 검지손가락으로 모기장 문을 톡톡 누르며
동이를 가리켰다. 그는 성미가 무척 급한 것 같았다. 내가
물이 줄줄 떨어지는 고무장갑을 벗으면서 우네 집 현관으로
나갈 때까지의 그 찰나를 참지 못하고 종내 챙챙챙챙챙챙
모기장을 두드려댔기 때문이다. 내가 허리를 숙여 고리를
끄르고 모기장을 들어올리자마자 그는 현관으로 성큼
들어와서, 마치 제 휠체어를 다루듯이 동이의 컨트롤러에
꽂혀 있는 충전선을 휙 뽑아 던졌다. 그러고는 동이에 털썩
걸터앉아 전원을 달칵 켜더니 속도를 최대로 올리고는

그대로 쌩 달려나가 버렸다. 이 모든 일은 책상에 앉아 있던 우가 방에서 나와 현관을 건너다보기도 전에 일어났다.

뭐야? 나는 황당해서 말했다.

기사님이 타고 나간 거야. 우가 현관으로 수동휠체어를 살살 끌고 나오면서 말했다. 타고 돌아보면서 어디에서 무슨 소리가 난다는 건지, 뭐가 문제인지 보려는 거야.

이런 일이 여러 차례 있었는지 우는 심드렁한 표정이었다. 아저씨들이 바쁘셔가지고 그렇다. 서울이랑 경기도까지 이분들이 커버하는데 다 합쳐서 네 명인가밖에 안 돌거든.

수리기사 아저씨들의 열악한 노동 환경을 염려하는가 보다 싶었는데 우는 덧붙였다.

그래서 수리받을 때 잘 봐야 돼.

언젠가 도로 위에서 동이의 뒷바퀴가 난데없이 떨어져나가버린 적이 있었다. 말 그대로 바퀴가 똑 떨어져 얼마간 저 혼자 굴러가더니 털썩 하고 도로에 쓰러졌다. 바퀴가 없는 동이는 그 자리에 우뚝 멈춰섰다. 그 일은 비가 오는 날의 횡단보도 한가운데에서, 유감스럽게도 동이가 뒷바퀴 수리를 받은 바로 다음 날 일어났다. 이후로 우는 동이를 수리받을 때마다 현관에 죽치고 앉아 수리 과정을 처음부터 끝까지 지켜보기로 했다. 뭐가 어떻게 되고 있는지는 알지 못해도.

성미 급한 수리기사는 금방 동이를 몰고 돌아왔다. 드르르르륵…… 드르르르륵……의 정체가 무엇일지

대충이라도 설명을 들을 수 있을까 싶었지만, 그는
가타부타 말도 없이 현관문 밖 출입로에 넓게 자리를
잡고는 크고 무거운 동이를 대뜸 젖혀 뒤집었다. 뒤로
넘어간 동이의 등판이 바닥을 향하고 발판과 앞바퀴가 덜렁
허공에 걸렸다. 나는 동이가 하늘을 보고 누울 수 있다는
것을 처음 알았다. 그는 부산스럽게 동이를 해체하기
시작했고 우는 핸드폰을 꺼내 그 모습을 찍었다.

　수리를 하는 동안에도 그는 몇 번이나 큰 소리로
전화를 받았다. 한 번의 통화를 마칠 때마다 그의 예상
동선과 스케줄은 믿을 수 없을 정도로 점점 더 복잡해졌다.
통화 내용에 따르면 그는 동이의 수리를 마치고 오후에
고양에 갔다가 서울의 본사로 돌아와 부품을 챙긴 뒤 다시
파주와 뚝섬과 일산을 돌게 되어 있었다. 그가 들르겠다고
호언장담하는 행선지는 자꾸만 늘어나서 누가 와도
가능할 것 같지 않은 일정이 짜이고 있었다. 그는 계속해서
자신에게 주어진 시간을 쪼개가며 장담할 수 없는 약속들을
태연히 연발했다. 휠체어가 고장 난 고객은 너무 많았고
수리기사는 너무 적었다.

　미안한데 기사님 물 한 잔만 갖다드릴래?

　그의 얼굴에 흐르는 땀을 바라보며 우가 말했다.

　나는 우의 뒤에 앉아 동이에 관해 검색해보았다.
동이의 상품명은 '토큐 다목적 전동휠체어'로, 미국의
'인바케어'라는 회사에서 출시한 전동휠체어였다.
한국에서는 450만 원에서 660만 원 사이 가격에

동이를 구매할 수 있었다. 손이 떨리는 가격이었다. 건강보험공단에서 나오는 지원금이 있었지만, 여전히 구매자가 수백만 원을 감당해야 했다. 게다가 매번 저렴하게 살 수 있는 것도 아니었다. 전동휠체어를 구매한 해로부터 육 년 후에야 새 전동휠체어 구입비를 다시 지원받을 수 있었다. 그러니까 적어도 육 년간은 크고 작은 고장이 나지 않도록 주의하고 의료기기 회사에서 제공하는 AS 서비스를 활용하면서 어떻게든 동이와 잘 지내보아야 했다.

동이를 출시한 미국 회사 인바케어는 "Yes, you can."이라는 프레이즈를 로고에 크게 박고 신체장애인의 기동성 있는 삶을 자신 있게 약속하고 있었다. 인바케어 본사가 있는 오하이오주의 도시에서 동이는 비로소 드르르르륵…… 드르르르륵…… 하는 고통스런 소음을 잊을 수 있을지도 몰랐다. 고향에서 태어났더라면 동이는 "Yes, I can!" 하고 외치면서 분연히 떨쳐 일어날 운명이었을지도. 미끈하고 쾌적하게 포장된 널찍한 도로에서 F1 자동차 못지않은 굉장한 질주를 할 운명이었을지도.

그렇지만 우가 사는 곳은 오하이오가 아니라 거칠고 모난 서울이었는지라 전동휠체어를 고장 없이 육 년 동안 타기란 어려웠다. 그토록 육중하고 투박한 기계이건만 한국의 거친 길들을 견디기에 동이는 참으로 예민하고 섬세했다. 아무리 우가 거북이처럼 느긋하게 산보하고 싶다

한들 그에게 주어진 제약은 만만찮았고 동이의 산책길은
고달팠다. 몸들을 바투 몰아세우는 서울의 시간 속에서
울퉁불퉁한 거리들을 허겁지겁 건너는 동안 동이는 숱하게
고장이 났다.

동이가 이토록 빨리 마모된다는 사실은 우에게
허락되는 시간과 공간이 얼마나 여의치 않은지를
말해주는 것 같았다. 동이는 우리가 속한 시공간의 장벽과
장애를 가진 우의 몸이 겪는 제약을 마법처럼 뛰어넘게
해주었지만, 그 낙차만큼이나 정직한 속도로 빠르게
상해버렸다.

나는 식탁에서 까무룩 졸다가 우의 어머니가 집에
돌아왔을 때 깼다. 오후 해가 다 기울도록 동이는 여전히
현관 앞에 벌러덩 누워 있었다. 수리기사는 동이에게서
나오는 시커먼 먼지를 뒤집어쓰고 어떤 나사를 스패너로
조이고 있었는데, 무엇과 무엇을 서로 고정시키는지 알
길이 없었다. 우도 여전히 끈질기게 자리를 지키고 있었다.
과연 우리의 동이가 수리기사의 빡빡한 일정에 얼마나 더
많은 차질을 주고 있을지 궁금했다.

됐습니다! 마침내 그가 말했다.

뭐가 문제였나요? 우가 물었다.

기어 박스라는 게 있어요. 기어 말고 기어 박스.
지난번에 왼쪽 기어 바꿔 달았죠? 이번에는 기어 박스가
통째로 문제네요. 그래도 중고 부품을 가져와 교체했으니까
20만 원만 받을게요.

20만 원이요?

원래 새 제품으로는 58만 원 해요. 그리고 보니까
타이어도 교체해야겠는데요. 벌써 무늬가 많이 닳았어요.

어머니가 미칫다 미칫다, 하고 혀를 내둘렀다.

아니, 타이어는 4월에 갈았지 않습니까. 무신 돈이 이래
많이 드노? 웬만한 자동차 정비하는 것보다 더 비싸네.

그러나 어머니의 지갑에서는 꼼짝없이 20만 원이
빠져나갔으며 수리기사는 더러워진 현관을 뒤에 남긴
채 바삐 떠나버렸다. 망가진 기어 박스에서 흘러나온
윤활유는 바닥에 검게 눌러붙어, 빗자루로 아무리 쓸어도
없어지기는커녕 결대로 꾸덕꾸덕 펼쳐지기만 했다.

새 부품을 단 동이는 다시 얼마간 돌돌돌돌 소리를
내며 민첩하게 굴러갈 것이었다. 그러다 시간이 지나면
불가피하게 또다시 망가질 것이 분명했다. 동이는 이동의
효율성을 크게 높이고 그에 따라 가능한 삶의 시야도
비약적으로 넓혀주었지만, 그만큼 쉽게 닳고 상하고
부서지고 산산조각이 났다. 정말로 이상한 일이었다. 삶을
마법처럼 넓혀주고 키워주는 동이와 계속 함께하기 위해서,
우리는 더 재고 덜고 깎고 빼는 작고 좁은 삶을 살 수밖에
없었다.

종말의 연인

22개월 된 아이의 걷는 모양새가 아무래도 이상했다. 근처
병원에서 소아마비라는 진단을 받았을 때 부모는 믿지
않았다. 우리 아이가 그럴 리 없다는 확신으로 그들은
아이를 데리고 서울 큰 병원까지 갔다. 근육병입니다.
비웃기라도 하듯 의사는 더 충격적인 병명을 꺼냈다. 하고
싶은 거 많이 하게 해주세요. 스무 살을 넘기기 어렵습니다.
내려오는 고속도로 안에서 부모는 잠시 언쟁을 했다. 지금
핸들을 꺾어 다 같이 죽을 것인가 말 것인가. 그러나 결국
동반자살 같은 것은 하지 않았다. 대신에 그들은 조금 더
일찍 일어나고 조금 더 알뜰하게 모으고 조금 더 많은 술과
담배를 하는 삶을 택했다.

왜 내 아이가? 그들은 이따금 생각했다. 이유는
없었다. 복권에 당첨되는 데 아무런 이유가 없는 것처럼.
하지만 어떤 이들은 다르게 생각했다. 그들은 아이를 업고
등교하는 엄마를 보고 여자가 전생에 죄를 지어서 그렇다고
수군거렸다. 주일을 경건히 보내는 이들은 휠체어에 탄
아이의 손을 잡고 이겨낼 수 있을 만큼의 고난을 주시는
주님의 권능에 대해서 이야기했다. 또 어떤 이들은 아이가
대학에 합격하자 현수막을 내걸고 신문에 아이의 이름을
실었다. 그들은 아이가 가진 근육병에 대해 혹은 근육병을
가지고 자란 아이에 대해 이해할 수 있는 설명이 붙기를
바랐다. 그래서 그들은 아이가 장애를 '이겨내고' 대학에

합격했다고 말하고 싶어 했다. '장애가 있음에도 불구하고 역경을 극복했다'는 레퍼토리는 그 뒤에도 어디에서든 어떻게든 아이를 따라다녔다.

근육병은 극복하고 말고의 문제가 아니었다. 지금 핸들을 꺾든가 아니면 살든가의 문제였다. 핸들을 꺾을 수 없다면 살아야 했다. 하지만 근육병을 가진 아이를 데리고 사는 일은 결코 쉬운 일이 아니었다. 아이의 부모가 그때 핸들을 꺾었다면, 적어도 근육병이 이만큼 커질 일은 없었을 것이다. 그들은 신산한 삶을 살지 않아도 되었을 것이고 아이가 나보다 하루만 일찍 죽었으면 하는 바람을 품을 일도 없었을 것이다. 그들이 이를 악물고 악착같이 살았던 덕에 아이는 근육병과 함께 잘 자랐다. 그것이 핸들을 꺾는 선택보다 쉬웠다고는 누구도 말할 수 없을 것이다.

그럼에도 그들은 핸들을 꺾지 않았다. 지금의 우를 만든 것들에는 여러 가지가 있겠지만, 가장 중요한 것을 꼽으라면 나는 이것을 꼽고 싶다. 그들이 그때 핸들을 꺾지 않은 일. 그들이 탄 차가 방향을 급히 틀어 가드레일을 엿가락처럼 구부리면서 산비탈 아래로 굴러떨어졌더라면, 지금의 우와 나를 만든 많은 것들이 달라지거나 없어졌을 것이다. 장애라는 말이나 장애인권이라는 주제도 나와는 별 상관없는 세계의 이야기가 됐으리라. 무엇보다도, 스무 해를 채 못 넘기리라 선고받았던 우가 스물여덟이나 먹고 이 시간까지 내 옆에서 늦잠을 자고 있을 일은 없었을 것이다. 그들이 마음을 달리 먹었더라면. 근육병을 가진 그 아기를 품에 안고 그대로 핸들을 꺾었더라면.

우는 대체로 잘 먹고 잘 살았다. 그러나 장애를 극복하면서 살지는 않았다. 우는 근육병과 함께 자랐지만 그 병보다 힘이 센 적은 없었다. 근육병은 언제나 그보다 컸고 항상 앞서 걸었고 한 번도 뒤돌아본 적이 없었다. 그 병과 사는 일이란 계속해서 죽어가는 일을 의미했다. 어느 날 우는 어렴풋이 자신의 미래를 알 수 있었다. 오랫동안 앉아만 있을 것이고 언젠가는 누워만 있게 될 것이며 폐와 심장이 꾸준히 약해지다가 남들보다 높은 확률로 일찍 죽게 될 것이다. 그러나 병의 진행 속도는 일상적으로 인지할 수 없을 만큼 느려서, 이런 예감도 대개는 멀고 둔한 느낌으로만 머물렀다. 우는 근육세포가 매일 죽어가는 와중에 숙제도 하고 수영도 하고 공부도 하고 피시방에도 갔다. 자주 혼이 나고 가끔은 칭찬도 받으면서 무사히 이십대에 진입했다.

근육병은 우가 모르는 사이 매일매일 나아갔다. 그리고 이따금 자신의 존재를 상기시켰다. 자신의 손으로 올려놓았던 물건에 손이 닿지 않을 때, 이를 닦는 일이 힘에 부칠 때, 반찬을 집는 젓가락이 덜덜 떨릴 때 우의 마음이 와장창 깨졌다. 다음날 아침 다시는 침대에서 일어나지 못하게 되어도 이상할 것 같지 않았다. 먼 미래의 일을 계획한다는 것은 우습게 느껴졌다. 한편으로 우에게는 여전히 학교에 간다든지 장남 노릇을 한다든지 하는 다단한 일상이 주어져 있었다. 얼마나 희망을 가져도 괜찮은지 또 얼마나 절망을 품고 살아야 하는지 가늠할 수 없었다. 삶은 기묘하게 인지되었다. 느리고 불가역적인 종말을 평생에 걸쳐 기다리는 사람처럼, 우의 인식은 삶의 연속성과 죽음의 필연성 사이를 반복해서 오갔다.

우는 기이한 인간으로 자랐다. 낮이면 그는 밝고 최선을 다하는 사람처럼 굴었다. 마음을 동하게 하는 것들을 따라 움직였고, 그런 것들을 찾아 책을 읽고 지하철을 타고 사진을 찍고 글을 썼다. 항상 활달하고 태연한 사람으로 보이는 그를 많은 사람들이 사랑했다. 장애가 있음에도 이렇게 밝다니, 존경의 박수를 보내거나 기특해하는 사람들도 있었다. 그런 말을 들으면 우는 속으로 코웃음을 쳤다. 밤이면 우는 깊은 물에 잠기는 잠수부처럼 호흡기를 쓰고 누워 가라앉았다. 그에게 삶이란 언젠가 끊길 도로를 달리는 것처럼 의미 없고 막막해서 자주 난감했다. 모든 것이 허망하고 거짓되게만 느껴질 때면 그저 휘어진 왼쪽 발을 자르거나 삶을 그만두고 싶어졌다. 그냥 핸들 한번만 꺾으면. 그런 마음을 갖는 데 별다른 감흥도 없이, 핸들을 쥐고 황망히 도로를 달리는 밤들을 자주 지새웠다.

그래도 우는 살았다. 친구들과 함께 장애인권동아리를 만들고, 사람들의 가방에 달린 노란 리본 사진들을 모으고, 전철역에서 다리 없는 아저씨가 파는 볼펜 세트를 사면서. 2013년 여름 나는 우를 처음 만났다. 가을이 되자 조금

친해졌고 겨울에 이르기까지 종종 같은 길을 걸었다.
그때는 우의 시야에 어른거리는 종말을 몰랐고 눈앞에
덜렁거리는 핸들과 함께 지새우는 긴긴 밤들도 알지
못했다. 다만 밝은 그에게 기이하고 이상한 얼굴이 숨어
있다는 것을 알게 되었다. 기이한 그가 꺼내는 이야기들은
어쩐지 이상하고 아름답다는 것도. 나는 어째서인지 자꾸만
그가 그리워졌다. 우가 없는 곳에서도 우를 생각했고,
깨달았을 때에는 이미 깊이 사랑하였다.

　그해 겨울 우리는 연인이 되었다. 장애를 가진
애인을 만나는 것은 걱정만큼 어렵지는 않았지만 마냥
쉽지만도 않았다. 나는 워낙 쫄보였어서 그 무렵 마음속에
두려움이 가득했다. 우는 내가 긴장하거나 실수를 해도
자주 웃음을 터뜨리고 뽀뽀를 해주었다. 시간이 지나며
나는 우를 업는 법도 배우고, 수동휠체어에 옮기는 법도
머리를 감기는 법도 알게 되었다. 높이가 적당한 턱은
어떻게 넘는지, 전동휠체어는 어떻게 주차하는지, 휠체어
손잡이를 덥석덥석 잡는 사람들에게는 뭐라고 해야
하는지에 대해서도 고민하지 않게 되었다. 차차 두려움은
수그러들었다. 사랑은 때로 힘들었지만, 그것은 그냥
사랑이라는 게 원체 어려운 것이어서 그렇다고 생각했다.
　어느 날 나는 다른 두려움을 알게 되었다. 가까운
근육장애인들이 죽음을 맞이했을 때였다. 처음에는
오지석의 소식을 들었다. 그는 24시간 호흡기를 착용하고

누워서만 생활하는 와상장애인이었지만, 누운 채로 여러
현장에 참석해 투쟁을 이어가는 열렬한 운동가였고 그
와중에 수지 팬사인회까지 다녀올 정도로 활동적인
사람이었다. 혼자 남겨진 사이 그가 착용하고 있던
호흡기의 호스가 빠지는 바람에 치명적인 뇌손상이
일어났다고 했다. 우리가 극단에서 함께 연극을 준비할
때의 일이었다. 좀 더 친해지면 수지가 얼마나 예뻤는지
물어보려고 했는데, 그는 말을 걸어볼 겨를도 없이
떠나버렸다.

　몇 달 뒤에는 학교 선배 남윤광의 소식을 들었다. 제때
치료하지 못한 감기가 폐렴으로 번졌고 패혈증으로까지
이어져 그를 쓰러뜨렸다. 우리는 함부로 만져서는 안
되는 줄도 모르고 응급실 침대 위에 놓인 그의 작은 손을
열심히도 주물렀고 시답잖은 농담들도 더러 건넸다. 의식이
없는 그는 아무런 말도 돌려주지 않았다. 손을 함부로
잡았다고 무안을 주지도 않았고 지난여름 그가 귀띔해줬던
소개팅이 어떻게 되었는지도 대답해주지 않았다.

　그때 비로소 나는 근육병의 아주 구체적인 모습을
알게 되었다. 그 병은 걸어다니던 사람을 앉아만 있게 하고
앉아 있던 사람은 누워만 있게 하고 누워 있는 사람은
손가락 하나 옴짝달싹 못 하게 하는 병이었다. 돌아보지도
않고 쉬어가지도 않고 그저 부지런히 앞으로 나아가는
병, 어떤 약도 치료법도 듣지 않고 그저 점점 더 많은 힘을
빼앗아가는 병이었다. 그래서 근육병을 앓는 사람은 빠진

호흡기 호스 한번 제 손으로 끼우지 못해서, 가벼운 감기에
걸려서, 너무 조그만 나머지 다른 사람들은 거기 있는 줄도
모르는 그런 작은 돌멩이들에 걸려서 넘어지고 깨지고
아프고 급기야 죽어버리는 모양이었다. 상상은 제멋대로
키를 키우며 자라났다. 우가 누워만 있게 된다면, 24시간
호흡기를 하게 된다면, 우리가 계속해서 가난하다면,
장애인에 대한 지원이 여전히 열악하다면, 필요한 치료를
제때 하지 못한다면, 혼자 있다가 어디서 떨어지기라도
한다면, 불이나 지진이라도 난다면 어떻게 될까. 종말을
바라보면서도 과연 잘 살 수 있을까. 아등바등 사는 것은
어쩌면 이리도 가볍게 허사가 되고, 죽음은 어쩌면 이리도
핸들 한번 꺾는 일처럼 가깝고 손쉽나.

　　그런 두려움에 휩싸일 때면 우는 인내심 있게 나를
달랬다. 지금은 아무 일도 일어나지 않았고, 아무것도
잘못된 게 없다고 그는 말했다. 그는 늘상 도인이라도 된
것처럼 평온했다. 근육병을 가진 것은 정작 자신인데도
그랬다. 그는 시종일관 내 이야기를 들어주고, 모든 것을
다 아는 사람처럼 차분하게 대답해주었으며, 내가 그 말을
듣건 말건 눈물을 닦아주었다. 그가 아니었다면 슬플 일이
없었을 텐데도 언제나 곁에 있어줄 것처럼 굴어주는 다정한
우가 있어서 나는 자주 마음 놓고 슬퍼했다. 근육병은
언제나 원망스럽고 종말도 여전히 무서운데, 거듭 얼굴을
닦아주는 우의 손이 두툼하고 따뜻해서 닦은 볼 위로
끝없이 눈물이 났다.

가끔 근육병이 없는 우를 상상한다. 그는 어떻게
생겼을까? 우리의 연애는 얼마나 달라질까? 그는 지금도
상체가 길고 크기 때문에 아마도 키나 몸집이 훨씬 클
것이다. 나는 발부터 그를 그려본다. 걸을 수 있는 발과,
달릴 수 있는 종아리와, 단단한 허벅지와 허리, 무거운 것을
들 수 있는 두 팔도 그려본다. 그런 몸을 가진 우라면 나와
나란히 걷거나 달릴 수 있을지 모른다. 나를 번쩍 들거나
업을 수 있을지도 모르고, 흥이 오르는 밤에는 거리로 같이
뛰어나가 춤을 출 수 있을지도 모른다.

이윽고 목과 머리에 이르면 상상력은 힘을 잃는다.
아무리 그려보려 해도 그의 신체는 목을 기점으로 보통의
몸이 되지 않는다. 약간 위로 휘어지고 굳은 그의 목은
아무리 상상해도 곧고 유연한 목으로 변하지 않고, 따라서
그가 자유롭게 뒤를 돌아보거나 나를 쉽게 내려다보는
모습도 통 머릿속에 그려지지 않는다. 상상은 곧 티가 나게
붙인 합성 사진처럼 우스꽝스러워진다. 우는 곧 그냥 우가
된다. 커다란 전동휠체어를 타고 휘어진 발과 굳은 목과
작은 다리를 가진 우가. 그런 우를 들기도 하고 업기도 하고
뽀뽀도 하면서 지낸다.

종말의 연인처럼 우리는 걸어간다. 정확히 말하자면
나는 걸어가고 우는 굴러간다. 그의 휠체어는 견고하고 또
우는 절대 뒤를 돌아보지 않아서, 우리는 대체로 흔들리지
않는다. 그러나 근육병 역시 참으로 부지런해서 소리
없이 한 발 한 발 다가오고 있는 중이다. 종말은 예정되어

있고, 언제까지의 내일들이 있을지 우리는 알지 못한다.
문득 그런 생각이 들면, 지나온 날들이 아무리 안녕하고
행복하다 해도 이내 마음이 흐물흐물해져서 자꾸만 뒤를
돌아보게 된다. 지푸라기라도 붙잡고 싶은 마음으로 손을
뻗어 가장 가까운 사실들을 손에 꽉 움켜쥔다.

　　그 사실들은 다음과 같다. 우는 기이하고 이상한
사람이다. 그는 영원은 없다고 말하면서도 희망을 가지려
하고, 희망이 안 보이는 것 같은데도 힘을 내자고 하고, 매일
조금씩 힘이 없어져도 나를 힘껏 안아준다. 애석하게도
함께 걷거나 달릴 수 있는 애인을 가진 것은 아니다. 그러나
나는 나의 심연으로 깊이 잠수해올 수 있는 애인을 가졌다.
그는 언제나 슬픔을 함부로 위로하지 않고, 대신 기꺼이
마음속으로 헤엄쳐 들어와 벌어진 틈새를 도닥여준다. 그런
그와 함께 가고 있어서 이 길이 꿈처럼 이상하고 아름답다.
이것이 내게 있는 가장 가까운 진실이므로, 다가올
종말보다 가깝고 내일의 슬픔보다 따뜻하므로, 언젠가
꺾일 핸들 같은 것일랑은 생각하지 않고, 어제처럼 오늘도
조용히 사랑한다.

2016년 9월, 턴투에이블 3호 문집 《사실 별로 안 괜찮아요》에 수록했던
글이다. 이 년 뒤 내가 무용수로 올랐던 공연 〈연인들은 바다 없는
호수에서 헤엄친다〉 팸플릿에 공연자의 글로 함께 실었다. 제목은
'눈뜨고코베인'의 곡 〈종말의 연인〉에서 따왔다.

3장

그 근본적인
불능에
관하여

너무 많은 이야기를 잃어버렸다.

분실한 이야기의 목록:

쭈그리고 앉기가 어려워 엉거주춤 선 자세로 세수하는 우를 보고 선생님이 아이들에게 "저런 세수를 고양이 세수라고 해요" 했다는 이야기, 초등학교 공작 시간에 같은 반 미용실 딸내미는 미용 가위를 가져오고 고깃집 아들내미인 우는 고기 가위를 가져왔다는 이야기, 재활의 일환으로 집 앞 계단을 무료하게 오르내린 이야기, 동생들과 함께 숟가락을 하나씩 나누어 손에 쥐고 있다가 손님들이 빠져나가면 철판에 눌은 볶음밥을 박박 벗겨 먹었다는 이야기, 수영장 샤워실에서 물을 맞고 있으면 장난기 많은 아이들이 뜨거운 물 쪽으로 꼭지를 돌려놓고 도망을 가서 비명을 지르며 샤워실 바닥을 뒹굴었다는 이야기, 그 바닥의 타일 무늬가 여태껏 선명하다는 이야기, 급식실 식탁에 앉아 있으면 모두가 우의 휠체어를 한 번씩 때리면서 지나가는 바람에 밥을 잘 먹기가 어려웠다는 이야기, 척추 수술을 할 적의 이야기, 눈부신 수술실 조명 아래 누워 숫자 열을 세려는데 미처 하나를 세기도 전에 가스에 취해 기절한 이야기("이게 무슨 냄…… 쿨……"), 수술 이후 한동안 거즈에 묻힌 물만 빨아먹으며 누워 지냈던 이야기, 나중에 들으니 수술실 문이 닫히자마자

그렇게나 씩씩하던 어머니가 주저앉아 오열을 했더라는
이야기, 우를 도와주던 친구들이 자라면서 점점 일진이
된 이야기, 그런 바람에 그들이 죽치고 앉아 있었던
학교 장애인화장실에선 언제나 맵고 뿌연 담배 연기가
자욱히 피어올랐다는 이야기, 병을 치료하기 위해 의정부
외곽 어느 비닐하우스에서 몇 주간 '자석치료 아저씨'와
지내며 효험이 의심스러운 요양치료를 받았던 이야기,
비닐하우스였던 그곳의 바닥은 포장되지 않은 흙바닥에
비닐을 씌운 게 전부였던지라 휠체어가 굴러가기 어려울
만큼 울퉁불퉁했다는 이야기, 그곳에서 지내던 첫날 저녁
식탁 위에 있는 수북한 더덕무침만이 유일한 밥반찬이라는
것을 알고는 애써 꾹 참고 있던 울음이 터져버렸다는
이야기, 자석치료 아저씨의 발명품이었던, 내부에 자석이
빼곡히 붙은 치료기기 안에 들어가 열찜질을 했던 이야기,
그러던 어느 날 문이 고장 나는 바람에 큰 사고가 날 뻔했던
이야기, 과자봉지를 혼자 힘으로 뜯어 보여 자석치료
아저씨를 기쁘게 한 이야기, 그 아저씨로부터 《해리 포터》
시리즈 레고 선물을 받았던 이야기, 근이영양증 신약
임상시험에 참여할 기회가 있었던 이야기, 지금은 원로
교수가 되었으나 당시만 해도 젊은 의사였던 주치의가
따로 우의 가족을 불러서는 신약 투여를 말렸다는 이야기,
대신 신약을 투여받은 옆 침대 친구에게 화제가 몰렸으나
결국 아무런 효과가 없었다는 이야기, 장애아동의
소원을 들어주는 비영리단체 '메이크어위시'의 수혜자로

선정되었던 이야기, 가족들의 뜻으로 제주도 가족 여행을
가게 되었지만 사실 우는 개그콘서트 방청을 가고 싶었다는
이야기, 여행지에서 받은 영상편지에서 우의 가족들이
일제히 울고 있었던 이야기, 얼마 안 되는 용돈을 모으고
모아 갖고 싶은 축구화를 샀지만 구부러진 발에 맞지
않아 눈물을 참지 못한 이야기, 노트북을 살 100만 원이
없어 알지도 못하는 교회에 장학금 신청서를 낸 이야기,
비탈진 언덕배기에 위치한 그 교회의 예배에서 할아버지
할머니들이 치는 3분여의 박수를 곤욕스럽게 견뎌야
했던 이야기, 예수 믿으면 일어날 수 있다고 말하는 어느
전도사의 말에 침을 뱉었던 이야기…….

　잃어버린 이야기들이 살았던 마음의 빈칸들을 밤마다
열었다 닫으며 생각한다. 어떻게 이 이야기들을 다
잃어버릴 수 있었을까? 그토록 듣고 또 들었음에도……. 그
이야기들의 껍질을 벗겨 게걸스럽게 빨아먹고 핥아먹으며
그날그날의 슬픔과 불안을 잊었음에도…….

　세상 곳곳의 유실물 보관함으로 뿔뿔이 흩어진
이야기들을 세어본다. 아무도 찾아가지 않을 그 이야기들이
우리의 작은 방으로 돌아가는 꿈을 꾸고 있을 것만 같다.

✦

　실로 '디스에이블드'했던 나날을 생각한다. 누구의
탓도 할 수 없어 그저 서로의 얼굴을 빤히 바라볼 수밖에
없었던 날들의 까마득하고 근본적인 불능에 관하여. 누가

대신 나누고 갈라주었다면 좋았을 텐데. 어디까지는 병의
영역이었고 어디부터는 장애의 영역이었다고. 어디까지는
조건과 환경의 문제였고 어디부터는 기량과 능력의
문제였다고. 그랬으면 내심 기꺼워하며 따랐을지도.
절망하지 않았을지도. 씩씩하게 눈물을 훔치고 더 나은
삶을 향해서 팔을 걷어붙였을지도.

　희귀난치병을 가진 마당에 주제 파악을 못 했던
것일까? 장애등급 1급 판정을 받은 중증장애인이면서
감히 분수에 넘치는 삶을 꿈꿨던 것일까? 나는 자주
억울해했다. 우리가 잘났다고 생각했으니까. 세상으로부터
우와 나의 몫을 충분히 인정받고 싶었고 그에 따른
마땅한 존중과 대우를 받아야 한다고 믿었다. 명석하고
재능 많은 우가 어처구니없는 차별을 당할 때마다 그가
비장애인이었더라면 어땠을지, 세상이 그를 얼마나 다르게
대했을지 그려보았다. 나 자신에 관해서도 마찬가지였다.
노력한 만큼 성취할 수 있다는 순진한 믿음을 가지고
이십대를 맞이한 나는 우와 내 앞에 펼쳐진 부조리에
천진하게 분개했다. 부단히 애를 써도 좀처럼 상황이
나아지지 않는다는 것이, 오히려 미묘하게 나빠져만 간다는
것이 도무지 의아했다. 지금 여기 우리에게 주어진 것들은
아무리 좋게 보려 해도 엉성하고 초라해 보였다. 무엇 하나
내 마음에 차는 것이 없었다.

　내가 많은 것을 불만족스러워했던 것은 좋은 학교에
다녔기 때문이었을지도 모른다. 우와 나는 운이 좋게도

각각 입시에서 유리한 입지를 점해 이름난 학교에
입학했다. 대개의 신입생이 생각하는 것처럼 우리도 학교가
우리에게 무언가 좋은 것을 담보해주리라고, 더 나은 삶을
보증해주리라고 기대했던 것 같다. 실제로 학교에서 만난
주변 사람들을 보면 하나같이 바지런히 성공 가도를 달려
무탈하게 제도권 내에 안착하는 것처럼 보였고, 그 안에서
알뜰살뜰 착실하게 삶을 꾸려나가는 것처럼 보였다. 사실
그중 많은 이들은 이미 일정 수준 이상의 삶을 살고 있기도
했다. 그들 대부분이 서울에 본가가 있는, 중산층 이상의
부모를 둔, 안정적인 학군에서 좋은 초·중·고등학교를 나온,
문화적으로나 금전적으로나 여유 있는 이들이었다. 하지만
내가 보기엔 그렇지 않은 이들도 매한가지였다. 우리
주변의 많은 이들은 제각기 속도는 달랐어도 대부분 노력한
만큼 원하는 것을 얻어냈고 결국엔 가고자 하는 곳으로
갔다.

　　반면 우리의 사정은 달랐다. 우리는 수년이 지나도
원하는 곳 근처로 가기는커녕 여전히 같은 곳을 빙빙
돌고 지난번에 넘어진 데서 또 넘어졌다. 말 그대로
어딘가에 '가는' 것은 험난하기 그지없었다. 학교 밖으로
나가는 저상버스를 하염없이 기다렸고 그렇게 나가서는
경사로가 있는 식당을 찾아 헤맸다. 전동휠체어가 진입할
수 없는 공간에 들어가기 위해서 번번이 생판 모르는
이의 등을 빌렸다. 교통상황이 나쁘거나 장애인콜택시
대기자가 많으면 일찌감치 계획이나 약속을 취소하는 게

효율적이라는 것을 배웠다. 어딘가에 가기 위해서 너무
많은 사과를 해야 할 용기를, 너무 많은 도움을 요청할
엄두를 내야 했다.

　나는 물리적인 이동의 어려움만을 말하고 있는
것이 아니다. 원하는 삶으로 가는 것 자체가 원천적으로
불가능했을 뿐만 아니라, 평범한 삶조차 욕심이라고
생각하게 되는 나날에 대해 말하고 있는 것이다.
심리학과였던 우는 학부 입학 때부터 상담사를 꿈꿨지만
심리학과 대학원 건물에 엘리베이터가 없었던 데다 다른
비장애인 대학원생처럼 대형병원에서 실습수련을 할 수
없다는 이유로 오래 생각한 진로를 내려놓아야만 했다.
우여곡절 끝에 우는 마침내 한 공기업의 장애인 전형
채용을 통해 취업에 성공하지만, 면접장에 가거나 신입사원
연수에 참여하는 등 발령을 받기까지의 모든 험난한 과정은
산 넘어 산이었다.

　불평은 이쯤에서 그만두어야겠다. 따지고 보면
학교에서 좋은 것도 많이 얻었으니까. 아니, 그런
정도가 아니다. 우리는 사실 학교에 입학한 덕을 톡톡히
보았다. 학교는 장애학생인 우에게 가족생활동 한 칸을
내어주었고 그곳에 충분히 오래 머물 수 있도록 해주었으며
부분적으로나마 대학생활에 필요한 물리적, 환경적,
제도적 도움을 제공해주었다. 우리는 이 학교의 학생이
아니었더라면 절대로 누릴 수 없고 얻을 수 없었을 것들을
덕지덕지 이어붙이며 생활을 지속해나갔다. 학교에 죽치고

앉아서 대부분의 시간을 학교에서 보내고, 학교 사람들만
만나고, 학교의 근로장학생으로 일하고, 학교 식당에서
식사하고, 학교가 지원해주는 근로장학생의 도움을 받아
수영장에 가고, 학교가 내어준 기숙사로 귀가하여 그곳에서
몇 년을 먹고 자고 생활했다. 우리는 학교에 악착같이
빌붙었고 기를 쓰고 버텼다. 그것이 혜택이고 특권이
아니면 무엇인가. 학교는 말 그대로 우리의 집이었다.

　　그것은 우리의 세계가 더없이 충만하고 풍요로웠다는
뜻이기도 하다. 우리는 학교에서 통용되는 언어와 문화를
자연스레 체화하고 학문의 세계와 학술담론장에 어렵지
않게 접근할 수 있었다. 진리의 상아탑은 불완전하게나마
우리 자신의 삶을 번역하고 전달할 수 있는 말과 글을
우리의 손에 쥐여주었다. 우리가 우리를 둘러싼 불의를
감지하고 분노하고 반발할 수 있었던 것, 우리의 삶이
다른 이들의 삶과 구체적으로 어떻게 다른지 알아볼 수
있었던 것, 그것이 부당하다는 사실을 전할 수 있었던 것,
그 말들이 어떤 이들을 설득해낸 결과 이따금씩은 삶을 더
나아지게 하는 구체적인 개선을 이끌어내기도 했던 것은
우리에게 지식이, 앎이, 언어가 있었던 덕이었다. 극소수의
사람들만이 누릴 수 있는 행운이었다는 것을 여기 적어두지
않을 수 없다. 우리가 경험했던 그 모든 어려움조차, 숱한
실패와 좌절조차 이 땅의 어떤 삶들에 비하면 그저 속 좋은
소리였다는 이야기다. 이 몸으로 살 수 있는 여러 버전의
삶들 가운데 우와 나의 삶은 분명 '희망편'이었다.

　　우리가 가장 운이 좋은 경우에 속했다는 것을 다행으로
여겨야 하는지 불행으로 여겨야 하는지 모르겠다. 특권을
의식하기엔 우리의 일상은 여전히 근본적인 단계에서부터
험난했기 때문이다. 우리는 대개의 사람들이 누릴 수는
없는 희소한 지적·문화적 자원을 비교적 풍족하게
향유했다. 동시에 우리는 대개의 사람들이 너무나도
당연하게 여기는 가장 기본적인 것들, 이를테면 안전과
이동, 배변 따위의 문제와 내내 씨름했다. 우리는 때로
우리가 분수에 비해 지나치게 고상하다고 생각했다. 우리가
교육받았고 지성을 갖추었다는 사실, 교양 있는 언어를
구사한다는 사실은 자랑스럽다기보다 종종 부끄러웠다.
우리의 앎은 우리의 삶과 너무 달라서 우리는 우리
자신이 누구인지, 스스로를 어떻게 생각해야 하는지 자주
헷갈려했다. 날씨가 좋고 커피를 마신 어느 오후엔 문득
우리가 무엇이든 될 수 있을 것만 같아서 불쑥 가슴이
벅차고 손이 떨리기도 했다. 사는 게 팍팍하고 고달픈
날에는 우리가 그 누구도 아니며 그 무엇도 될 수 없다는
사실을 거듭 씹어서 꿀꺽 삼키고 나서야 가까스로 침대에서
몸을 일으켜 하루를 시작할 수 있었다. 시간이 흐르며
전자의 날들보다는 후자의 날들이 압도적으로 많아졌다.
　　상아탑에서는 끊임없이 새 소식들이 날아들었다.
장학금, 지원사업, 프로젝트, 여행, 교환학생, 취업 기회,
다채로운 경험, 풍요로운 혜택, 누려 마땅한 권리, 세계가
소수의 사람들에게 너그러이 베풀어주는, 어쩌면 우리의

것이었을지도 모르는 그 모든 가능성들, 우리가 아직
접해보지 못한 세상의 많은 드물고 귀한 자원들……. 주변
사람들은 우리가 아직 모르고 있는 그 모든 새로운 문들을
가리키며 손짓했다. 생산적이고 고무적인 조언을 아끼지
않았고 그 숱한 기회 중 무엇이든 가질 수 있을 것이라고
격려해주었다. 우리의 삶을 더 좋은 곳으로 데려다줄 것만
같은 그 모든 번듯한 가능성 앞에서 우리의 마음은 잠시
설렘으로 팽팽하게 부풀어올랐다.

그런데 자세히 살펴보면 우리 앞에 놓인 길들은
하나같이 건축적으로 견고하고 조형적으로 우아한
계단길이었다. 낮은 곳과 높은 곳을 이어준다는 그
아름다운 층계의 그 어디에도 경사로와 리프트,
엘리베이터는 보이지 않았다. 언젠가부터 나는 우리에게
불가능에 가까운 확률을 되새기고야 마는 그 모든 말이며
기회가 달갑지 않았다. 더는 소식을 찾아보지 않았고
제안을 귀담아듣지 않았고 화제를 다른 데로 돌리는 데
급급했다. 우리를 진심으로 생각하고 염려해주는 친구들의
따뜻한 마음을, 우리 앞에 무한한 희망과 행복의 세계를
열어젖혀주는 열렬한 선의를 무뚝뚝하게 자르거나
꺾지 않고서 어떻게 돌려보내야 할지 몰랐다. 그것들이
정녕 우리 곁에 있지 않다는 사실을, 근본적으로 접근이
불가하다는 사실을 다시 깨달을 때마다 찾아드는 좌절과
상실감이 하나하나 설웁고 애달프다는 것을 말할 수 없어
난감했다. 하고 싶은 것들을 꿈꾸기엔 애당초 할 수 있는

것 자체가 너무 적다는 걸 깨달은 우리는 점차 오래 방치된
풍선들처럼 광택을 잃고 쪼그라들었다.

　물론 우와 나도 세상의 좋은 것들을 알아볼 줄 알았다.
쾌적하고 아름답고 산뜻한 삶이 어떻게 생겼는지 알았고
즐길 줄 알았고 느낄 줄 알았다. 모를 수가 없었다. 우리
역시 그들과 같은 세상에 살고 있었으니까. 그러나 우리의
일상은 거시적이고 근본적인 층위에서부터 아주 미묘하고
애매한 층위까지 다른 이들의 일상과 어긋나 있었다. 다른
이들이 나날이 더 높은 곳을 향해, 말하자면 '정상頂上'을
향해 세상의 절벽을 오르고 또 오르는 동안, 우리는
그들에겐 지극히 일반적이고 일상적인 생활을 유지하기
위해, 그러니까 '정상正常'이라 불리는 영역에서 더 바깥으로
밀려나지 않기 위해 안간힘을 썼다. 우리의 시간과 공간은
그들의 시간과 공간을 닮지 않았다. 우리의 삶이 우리의
앎을 닮지 않은 것처럼.

　포기는 우리가 불가해한 일상을 살아가는 가장
유용한 방식이었다. 체념은 우리가 살아남기 위해 가장
먼저 익혀야 했던 기술이었다. 하지만 나는 잦은 포기와
습관적인 체념이 우리의 무능력과 나약함을 드러내는
부인할 수 없는 증거일까 봐 두려웠다. 세계는 우리에게
모질고 냉담하였고 우리 자신조차 우리가 세계에
거주하는 방식을 부적절하거나 위법한 것으로 여겼다.
세계는 우리에게 낙담과 비참을 가르쳤다. 우와 나는 차차
유순하게 길이 들었다. 분노해야 할 때 수치심을 느꼈고

바깥으로 화를 내는 대신 마음 깊은 곳에 우울을 감추었다.
긴 시간 고인 우울은 냇물이 자라나 강이 되고 바다가
되듯이 점차로 깊어지고 거칠어지고 사나워졌다.

　　나는 늘상 수모를 겪는 우를 안쓰럽게 생각했다.
여기서 이러고 있을 사람이 아닌데. 마치 여기서 이러고
있을 사람이 세상에 따로 있다는 듯이 그렇게 생각했다.
우 역시 마찬가지였다. 얘가 내 옆에서 이런 대접 받고
있을 애가 아닌데. 마치 자기는 여기서 이런 대접을 받아도
된다는 듯이 그런 말을 했다. 차별적인 세상에서 나날이
지치고 소진된 연인들은 그런 비틀린 칭찬으로만 서로를
아껴줄 수 있었다. 너는 이 자리에 있을 사람이 아니구나.
너는 나와 다른 시공간에 속해 있었어야 온당한데. 그것이
우와 내가 서로를 위하고 알아보아주는 오만하고 고달픈
방식이었다. 우리는 콧대 높고 시건방진 연인들이었다.
서로를 칭송하고 찬사하려다 각자의 빈곤함만을 상기하고
마는 연인들이었다. 아랫돌을 빼어 윗돌을 괴던 궁핍한
날들. 서로를 안으려는 일과 서로를 향해 허물어지는 일이
분리되지 않던 밤들.

　　　✦

　　교환학생이라는 것을 꼭 한 번 가보고 싶었다.
어느 나라에서 무엇을 하고 싶다는 바람이 구체적으로
있었다기보다는 아무도 우리를 모르는 낯선 곳에서 그간
해보지 않은 모든 것들을 해내보고 싶었다. 호기심과

열망이 막연한 두려움을 넘어서자 우와 나는 국제교류
지원 프로그램의 요건을 꼼꼼히 살피고 나란히 강남의
어느 토플 학원에 등록했다. 그때까지만 해도 출퇴근길의
강남행 2호선을 타는 일이나 번듯한 고층 건물의 영어학원
엘리베이터에 탑승하는 일 같은 게 문제가 되리라고는 전혀
생각하지 못했다.

　수업이 시작되기 전까지 모든 단계가 난관이었다. 두
시간을 일찍 나서봤자 사람들이 가득 찬 지하철을 하릴없이
보내다가 지각을 하기 마련이었다. 겨우 탑승할 수 있는
열차를 맞이하면 우는 사무용 가방을 부여잡고 핸드폰을
들여다보는 사람들의 엉덩이를 비집고 들어가다 동이의
육중한 바퀴로 기어코 누군가의 발을 밟았다. 강남역에서
엘리베이터를 타고 지상으로 나와서도 한참을 돌아가야
학원이 있는 쪽으로 건너갈 수 있는 횡단보도에 다다를
수 있었다. 학원 건물에 간신히 들어온 뒤에도 기다림은
계속되었다. 형광펜이 죽죽 그어진 단어장에 시선을
고정한 사람들 중 누구도 긴긴 엘리베이터 줄에서 자리를
비켜주지 않았다. 그곳의 모든 사람은 개강 첫날부터
우리가 누구인지 알았고 그곳의 모든 강사는 우리의 이름을
가장 먼저 외웠다. 비좁은 강의실의 문을 열고 의자를 끌어
동이가 들어갈 자리를 확보할 때마다 번번이 필요 이상으로
모두의 이목을 끌었다. 점심을 먹을 생각일랑 일찌감치
내려놓았다. 학생과 직장인이 꽉꽉 들어찬 엘리베이터를
탈 수 있을 리 없었고 동이가 들어갈 수 있는 식당을 찾을

엄두조차 나지 않았다. 혹시나 하고 기대를 걸었으나
역시나 강의실이 있는 층에는 장애인화장실이 없었다.
배탈이라도 나면 끝장이라면서 우는 매일 끼니를 걸렀다.

　　강의실까지 도착해 책상 앞에 앉는 데 모든 전의를
쓰는 2주를 보낸 뒤 우와 나는 학원을 때려치우고 등록할
때에 비하면 턱없이 초라한 금액을 환불받는다. 그 돈으로
우리는 강남역 맥도날드에 가서 거한 끼니를 해치웠다.
감자튀김을 산더미처럼 쌓아놓고 씹으며 교환학생을 갈
바에야 그 돈으로 여행을 가는 게 낫다고 떠들어댔다.
우리는 가고 싶은 유럽의 여러 나라와 도시를 나열하고
그곳의 볼거리들을 검색해보았다. 우는 나와 함께 파리의
오랑주리 미술관에 가서 파노라마처럼 널따랗게 걸려
있다는 모네의 수련 연작을 보고 싶다고 했다. 나는 우와
함께 유럽의 공연예술 축제인 아비뇽 연극제와 탄츠 임
아우구스트를 차례로 도는 여름을 보내고 싶었다. 핸드폰
액정 속 검색 결과들, 사진이며 이미지, 정보와 팁만 읽어도
마음이 들떴다. 모든 것이 정말 좋아 보였다. 언젠가 꼭
그렇게 해보자고 우와 손가락 걸고 약속했다. 결코 그렇게
할 수 없을 것임을 내심 알았기에 더욱 좋아 보였다.

　　교환학생이건 유럽 여행이건 간에 그저 고생길에
불과했을지 모른다. 그러느니 차라리 하지 말자고 말하며,
우리는 모르는 세계로 통하는 문턱 앞에서 번번이
돌아나왔다. 우리가 넘기에 너무 높은 그 문턱을 등지고
서로를 공들여 위로했다. 그 포도는 어차피 너무 시었을

거야. 가다 보면 어딘가 다른 맛있는 포도가 있는 나무도
나타날 거야. 그러나 세상에 있는 모든 포도가 우리에게서
너무 멀리 있었다. 그 어떤 포도도 우와 나의 손에 닿지
않았다.

　우를 떠나고 나서야 그 탐스러운 포도들을 맛볼 수
있었다. 알알이 혀가 녹아내리도록 충만하게 달고 맛이
있었다. 비행기를 탈 수 있다니. 비엔날레를 보러 며칠이나
광주에 묵을 수 있다니. 후미지고 가파른 곳에 있는 식당과
카페에 들어갈 수 있다니. 지하철을 탔는데 아무도 나를
쳐다보지 않는다니. 하루가 내 것이고 미래가 내 것이라니.
꿈을 갖는 것이 욕심이 아니라니. 내 삶이 오로지 나만을
기다리고 있다니.

　하루아침에 달라진 세계를 한 알 한 알 맛볼 때마다
나는 순정한 기쁨과 환희로 세계와 새로이 관계 맺었다.
호흡기도 전동휠체어도 없이 홀가분해진 몸의 나를 세계는
하루하루 포근히 안아주었다. 몰라보도록 따스하고 정겹고
너그러운 세계였다. 나는 그 세계를 아낌없이 용서하였고
매일매일 새로이 화해하였다. 그리고 그 사실에 번번이
깊숙이 상처받았다.

✦

　우와의 교토 여행 이틀 차의 일이다. 무슨 생각으로
그 버튼을 눌렀는지 나로서도 알 수 없다. 우리는 이동식
휠체어 경사로를 손에 든 역무원을 찾고 있었다. 그러다

발견한 그 빨갛고 동그란 작은 버튼을, 학교 도서관에
있는 장애학생 도우미 호출 버튼과 무척 닮은 그 버튼을
꾹 눌러보기에 이른 것은, 아마도 그렇게 하면 전동휠체어
승객을 찾고 있을 역무원에게 우리의 위치를 알릴 수
있으리라 여겼기 때문이었다. 학교 도서관에서 장애학생이
그 버튼을 누르면 사서 선생님의 도움을 받을 수 있는 것과
마찬가지로.

실제로 그 버튼을 눌렀을 때 즉각적인 알림을 받은
것은 역무원뿐만이 아니었다. 역사에 있던 모든 사람들에게
이 역 어딘가에 문제가 발생했다는 사실을 그보다 더
확실하게 알릴 수는 없었을 것이다. 온몸에 소름이 돋는
음색과 볼륨의 사이렌이 꽝꽝 울리며 귓가를 두들겨댔고,
온 역사가 그야말로 발칵 뒤집혔다. 빨간 경고등이
딸랑딸랑 산란하게 돌아가며 모두의 경각심을 일깨웠다.
출근길 전철을 기다리던 모든 사람들이 "나니なに? 나니?"
하고 웅성거리며 떨어진 사람이 있는지 살피려 선로를
내려다보았다. 과연 당초의 목적대로 역무원이 도착했다.
한 무리의 역무원들이 비상사태에 대처하기 위해 혼비백산
달려왔던 것이다. 그들은 이곳저곳을 가리키고 큰 소리로
대화했고, 승객들을 비집고 역사를 다급히 살펴보았다.
대단한 소동이었다. 당황한 우와 내가 그들을 가로막고
손짓발짓으로 사태를 설명하려 들었지만, 그들이 한동안
우리의 말을 전혀 이해하지 못하는 바람에 상황은 한참
더 지체되었다. 서로의 말을 못 알아듣는 긴 시간 동안

창피와 자괴감과 당혹감이 마치 지옥에서 가해지는 영원의
고통처럼 나의 온몸을 찌르고 꿰뚫었다.

영어와 일본어 번역기와 바디랭귀지를 총동원한 끝에
상황을 파악하고 나자 역무원들은 황당해하며 서로를
마주보았다. 그러고는 우와 나에게, 그러니까 전동휠체어에
뚱뚱한 짐을 동여맨 한국인 민폐 여행객들에게 이전
역에서부터 열차가 통째로 멈춰섰으며 이전 역사와 다음
역사 모두와 충분히 소통이 되어야만 비로소 사이렌과
경고등이 멎는다고 설명해주었다. 그 말인즉슨 온 역사
안에 울려퍼지는, 눈과 귀를 찢어발기는 듯한 끔찍한
시청각적 자극이 이후로도 약 10분가량 더 지속됐다는
뜻이다. 그 시간이 마침내 지나가고도 불덩이 같은
부끄러움이 몇 시간이고 남아 온몸의 세포를 활활
불살랐다. 이동식 경사로를 든 역무원을 부르고 싶었던
것뿐이라고 해명하느니 차라리 모두가 혼란한 틈을 타
선로에 뛰어드는 편이 나았을 것만 같았다.

✦

내가 세상으로부터 마음 상해 돌아올 때면 우는 눈
하나 깜짝 않고 혹독한 저주의 말들을 소상히 읊어댔다.
그 사람이 3톤 트럭에 치였으면 좋겠어. 못된 개에게
물려 손가락이 잘렸으면 좋겠어. 그 사람이 세상에서
가장 사랑하는 사람을 다시는 볼 수 없게 되었으면
좋겠어. 그러면 나는 깜짝 놀라 허공을 휘저으며 말을

도로 주워담는 시늉을 했다. 우야, 그런 말 하면 우리한테
다 돌아와. 그래도 우의 저주는 끝모르고 이어졌다.
씩씩거리며. 분한 눈물을 뚝뚝 흘리며. 내게 상처 준 누구
한 명이라도 그걸 알았을까. 들었을까. 모래알만큼의
불운이라도 마주쳤을까. 물론 아니었을 것이다.

그러나 그것만이 나의 결계였다. 세상 앞에서는
무력하고 하찮기 짝이 없었을, 그러나 울분과 경멸로
옹골차게 여문 우의 말들이 내 보호막이고 방탄복이었다.
그 가시바늘 같은 말들로 단 한 코도 빠뜨리지 않고 촘촘한
미늘갑옷을 떠서 모공에 돋아난 솜털 한 올 한 올까지 꼭꼭
뒤덮은 뒤에야 나는 아무 일 없다는 듯 턱을 치켜들고 우의
가는 팔에 팔짱을 낀 채 집을 나설 수 있었다. 누군가 우에게
조금이라도 무례하게 굴라 치면 나는 순식간에 푸릇푸릇한
밤송이가 되어 우에게 배운 저주의 말로 온몸의 바늘을
세우고 어디에나 달려들었다. 내본 적도 없는 새된 소리를
질러댔고 가진 줄도 몰랐던 말들을 서툴게 휘둘렀다.
우리를 우리로 만든 것은, 그리하여 우와 나를 외부로부터
지켜준 것은 각자의 그러한 맹렬한 적개심이었다. 우리를
해하는 세상을 향한 짙고 진한 적의였다.

✦

댓바람부터 짐을 싸느라 분주했던 아침들을 생각한다.
강남세브란스병원에 가야 하는 아침이었다. 생후 22개월
무렵부터 그 병원의 환자였던 우는 일 년에 한 번씩

호흡재활의학과 병동에 입원했다. 전동휠체어와 백팩에
한 보따리의 짐을 짊어진 우와 나는 흡사 피난 가는 사람들
같았다. 아무리 단출하게 꾸리려 해도 짐은 급히 도망치는
사람의 보퉁이처럼 크고 울퉁불퉁해졌다. 드라이 샴푸와
전동휠체어 충전기, 전용 가방에 넣은 인공호흡기, 너무
길어서 둘둘 감아 노란 테이프로 둘러놓은 호흡기 호스,
아침이면 우의 이마와 뺨에 선명한 자국을 남기곤 했던
호흡기 마스크가 서로의 틈새를 비집고 나와 모처럼의
햇빛을 쐬었다.

　일단 입원 수속을 밟고 나면 우의 일정은 퇴원을 할
때까지 내내 빼곡했다. 그는 정형외과와 호흡기내과,
심장내과와 재활의학과 의사들이 협진하는 복잡한
환자였다. 한정된 시간 안에 일 년 치 진료와 검사를 마쳐야
했다. 우는 정맥주사와 동맥주사를 차례로 맞거나 여러
사람의 도움을 받아 엑스레이를 찍거나 심전도를 측정하는
홀터 심전계를 부착하거나 여러 분과의 진료실을 오가는
등의 일로 분주했다. 한편 우의 부모도 보호자도 아니었던
나는 줄곧 우의 전동휠체어 뒤를 졸졸 따라다니면서
진료가 끝나기를 기다리거나 때로 그를 보조하며 시간을
보냈다. 연인이란 병원에서는 별 쓸모가 없는 낭만의 다른
이름이었다.

　검사와 진료 사이사이로 우리는 종종 병원 산책을
했다. 병원의 본관과 별관을 잇는 복도에는 EBS 다큐멘터리
〈명의〉에 나온 의사들의 액자가 줄줄이 전시되어 있었다.

우를 삼십 년 가까이 보아온 호흡재활의학과 의사의 사진도 거기 걸려 있었다. 나는 그곳을 지날 때마다 멈춰 서서 그의 사진을 유심히 바라보았다. 인자한 미소와 함께 파이는 주름에, 그의 옆에 적혀 있는 "다시, 숨 쉬다"라는 슬로건에 오래 시선이 머물렀다. 나는 항상 그에게 묻고 싶은 것이 정말 많았다. 그러면서도 진료실에 따라들어가 그를 실제로 만난 적은 한 번도 없었다. 그가 하는 말들 중 그 무엇도 그다지 달가울 것 같지 않았다. 굳이 찾아가 묻지 않아도 자신의 점괘를 이미 아는 사람처럼.

수면 중 호흡의 양상을 관찰하는 것이 입원의 가장 큰 목적 중 하나였기 때문에 밤이 오면 우는 일찌감치 호흡기의 마스크를 끼고 침대에 누웠다. 호흡기를 착용하고 나면 더 이상 대화할 수 없었으므로 나도 잠자코 담요와 보조침대를 꺼내 잠을 청했다. 그 병실이 숙면에 적합한 장소가 아니라는 사실은 거기 머무는 누구나 금방 알 수 있었다. 제각기 다른 박자의 호흡기 소리, 가래 끓는 소리, 실수로 벗겨진 호흡기에서 나는 경고음 소리가 모든 침대에서 우렁차게 울려퍼졌기 때문이다.

한밤중에도 대낮처럼 소란한 병동의 소음을 들으며 우와 나는 오래 뒤척였다. 이러다가 피로하고 부스스한 몰골로 다음날을 맞게 되리란 것을 잘 알면서도 그랬다. 요란한 불협화음으로 이루어진 자장가를 따라 각자의 어둠 속에서 눈을 깜작였다.

✦

우의 주치의를 만났더라면 무엇을 물을 수 있었을까?
우의 몸을 둘러싼 그의 이야기는 나의 이야기와 얼마만큼
포개지고 또 비껴갔을까?

우의 가족을 제외하면 그는 우를 가장 오래 지켜보고
꾸준히 기록을 남긴 사람이었다. 내가 요청했더라면 그는
의료 차트 위에 펼쳐진 병의 기록을 살펴보며 내가 전연
알지 못하는 우의 연대기를 내가 전혀 모르는 방식으로
해석해주었을지도 모른다. 그의 해설은 어떤 견지에 놓여
있었을까? 어느 때에 어떤 진단과 처방이 이뤄졌는지에?
얼마나 많은 다양한 분과가 이 환자의 몸에 개입했는지에?
그에 따라 이 몸이 어떻게 치료되고 회복됐는지에?
그리하여 어떤 잠재적인 위험을 예방했는지에? 그에게 이런
이야기는 자연스럽고 또 당연한 것이었으리라.

나의 상상 속에서 우의 주치의는 진료실 의자에 앉은
내게 알아볼 수 없는 말들이 적힌 차트를 들이밀고 우의
정보가 떠 있는 모니터를 기울여준다. 피로하지만 어딘가
긍지가 스민 목소리로 우의 몸에 관한 해설을 재개한다.
그의 브리핑은 우의 죽음을 지연하기 위해 얼마나 넓고
깊은 지식과 기술이 동원됐는지로 이어지고, 이를 위해
얼마나 포괄적이고도 정교한, 조직적이고 체계적인 협업이
이뤄졌는지로 잠시 빠졌다가, 불가피하게 당면한 수많은
오류와 시행착오를 설명하는 데 약간의 시간을 쓰고는, 그
결과로 당시만 해도 십대에 끝을 맞으리라 예견되었던 우의

삶이 얼마나 오래 연장되고 있는지로 끝맺어진다.

주치의의 건너편에는 내가 있다. 우의 오래된 까만 후리스를 걸치고 맨발에 슬리퍼를 꿰어신고 빨간 빨래집게로 앞머리를 고정한 나는(우의 입원 시 나의 병원 복장이었다) 미간에 깊은 주름을 만들면서, 그렇지만 감히 토를 달거나 반박할 용기는 내지 못하면서 두꺼운 안경알 너머로 그의 미소를 노려본다. 묻고 싶은 것들이 산더미지만 나는 말을 삼킨다. 진료실에 들어간 우가 언제나 그랬듯이. 무엇에도 명쾌한 대답이 돌아오지 않는다는 것을 잘 알고 있었으니까. 우의 몸에 관한 한 가장 큰 결정권을 가지는 기관임에도, 병원이 좀체 우의 몸에 대해 아는 게 없다는 것이 내 쪽의 생각이다.

세브란스병원은 우의 몸과 병에 이름을 준 '큰 병원'이었다. 우의 주치의는 신경근육계질환 환자들의 삶을 획기적으로 연장했다고 알려진 재활의학과의 권위자였다. 그러나 그런 병원과 의사마저도 우의 근육병이 지금까지 알려진 여러 근육병의 종류 중 무슨 유형에 속하는지는 밝혀내지 못했다. 편의 때문인지 우의 병은 가장 흔한 근이영양증 유형인 뒤센형 근이영양증으로 등록되어 있었지만, 우의 몸은 다른 뒤센형 근육병 환우들과 여러 면에서 양상이 달랐다. 이에 대해 병원은 이렇다 할 대답을 내놓지 못했다. 가령 우의 근력이 퇴행하는 속도가 왜 비교적 느린지, 관절이 오그라드는 속도는 왜 훨씬 빠른지, 폐활량이 나쁘지 않은데도 불구하고 왜 폐에서 이산화탄소가 배출되지 않는 것인지 그들은 알지 못했다.
우의 몸과 삶은 나에게나 병원에게나 비슷한 정도로
모호하고 불투명했다.

한편 병원은 치료에 뒤따르는 곤란을 그저 부차적인
부작용으로 치부하거나 애초에 그리 큰 관심을 두지 않는
것 같았다. 그들은 우의 등허리에서 지속적으로 재발하는
염증을 어떻게 잠재워야 하는지 몰랐고, 호흡기가 기도뿐만
아니라 식도로도 바람을 불어넣어 장에 점점 더 큰 탈이
나는 문제를 무시했다. 그저 정기적으로 새살을 파내 그
아래 고인 피고름을 긁어내거나, 호흡기의 강한 압력 탓에
호스가 제풀에 분리되지 않도록 호스를 추가로 덧대어줄
뿐이었다.

그 모든 것은 치료를 위해 불가피하게 감내해야 하는,
어찌할 도리가 없는, 생명에 큰 지장은 없는, 따라서
근육병에 비하면 그리 대수롭지는 않은 부작용이었다.
그러나 치료의 결과로 때로 우의 몸은 돌이킬 수 없는
손상을 입었다. 무너지는 척추를 잡아늘리고 뼈와 관절에
철근과 나사를 대는 것이 병원이 말하는 치료였다.
다시는 돌아볼 수도 자신의 몸을 내려다볼 수도 없어진
비가역적이고 영구적인 장애가 그 치료의 결과였다.

병원의 그런 조처들이 우의 몸이 지금껏 기능하도록
관리했다는 것을, 그의 죽음을 늦추는 데 큰 도움이
되었다는 것을 안다. 척추측만증 수술이나 호흡기 처방은
분명 우의 수명을 길게 잡아늘였다. 그러나 그 치료가

동반하는 작지 않은 부작용으로, 우의 삶은 꼭 연장된
만큼 얇고 가늘어졌다. 병원은 우의 삶을 획기적으로
늘려주었지만, 더 나은 방향으로 데려가는 데는 종종
무지하거나 무능했을 뿐만 아니라 때로는 그의 삶을
외려 더 괴롭고 성가신 것으로 만들었다. 그러나 병원이
아니라면 도대체 어디에 의탁할 수 있단 말인가?

✦

　불쑥불쑥 그런 생각이 들었다. 시간이 없다, 시간이…….
　나는 우가 언제든 어떤 이유로든 아주 쉽게 죽을
수 있다는 것을 알고 있었다. 활동가 오지석이, 우의
선배 남윤광이, 옆집 친구 찬이가, 보고 또 전해들은
숱한 근육장애인들이 그랬듯이. 나는 나의 실수로, 혹은
내가 없는 사이 우가 어처구니없는 이유로 죽어버릴까
봐 두려웠다. 우와 함께 있는 내내 언젠가 우가 죽는
것을 지켜볼 수 있기를 진심으로 바라고 빌었다. 내
마음속에서는 언제나 다종다양한 버전으로 연출된 우의
죽음이 상연되었다. 상상이 얼마나 생생하고 다채로웠던지,
어떨 땐 내가 과연 우가 살기를 바라기나 하는 것인지
의문스러웠다.
　　우가 손가락 하나 까딱할 수 없을 때까지, 눈꺼풀
들어올릴 힘도 없을 때까지 살다가 자연사했으면 했다.
그러면 나도 마음 편히 죽을 수 있을 것 같았다. 하지만 그럴
수 있으리라고는 차마 믿지 않았다. 잊을 수는 없으니까.

우가 죽고 나도 따라 죽을 수 있다는 것, 그것은 꿈에서나 경험할 수 있는 행운이라는 사실을, 나는 우의 곁에 머물면서 천천히 깨달아갔다. 자식이 자신보다 하루 먼저 죽기를 간절히 바라는 이들이 세상에는 있었다. 내 바람 또한 그들의 것과 별로 다르지 않게 현실적이고 구체적인 것이 되어갔다.

중증장애인 자식을 죽이고 뒤따라 죽는 부모들의 소식을 들을 때 그다지 슬프거나 좌절스럽지도 않았다. 오히려 그들의 소식을 나는 신이 내게 보내오는 계시인 양 받아들였다. 이것이 너의 운명이다. 이런 죽음이야말로 네가 바라 마지않아야 할 단 하나의 미래다. 언젠가 먼 훗날 세상으로부터 우를 지켜야 할 때 이것만이 너에게 허락된 유일한 종결의 형식이다. 그것은 세계가 나에게 선심 쓰듯 내어준 단 하나의 장래희망이었다.

우가 죽는 꿈은 내가 우를 떠난 뒤에도 좀처럼 나를 떠나지 않는다. 무의식 속에서 우의 몸은 일백 번을 고쳐 죽고, 꿈속에서 나는 매번 우의 장례식에 간다. 다행히도 꿈은 그다지 길지 않은데, 우의 영정사진과 눈이 마주치자마자 나는 머리부터 발끝까지 으깨지며 즉사하기 때문이다. 그 순간 내가 잠을 자고 있다는 것을 알게 된다. 잊을 수는 없으니까. 우가 죽고 나도 따라 죽을 수 있다는 것, 그것은 꿈에서나 경험할 수 있는 행운이라는 사실을.

✦

　불안을 못 이기는 밤이면 나는 우의 가슴팍에 귀를
갖다대고는 했다. 빠르고 선명하며 성급한 내 심장과 달리
부정맥이 있고 점점 약해지는 중인 우의 심장은 태평하고
느긋하기 짝이 없었다. 게다가 종종 뛰는 것을 까먹고는
해서 우의 심장소리는 불규칙하고 둔한 리듬을 만들어냈다.
둥… … … 둥… 둥… 둥… … … 둥… … 둥… … 둥…
둥….

　그럴 때 나는 우의 가슴 속에 삶이 들어 있다는 것을 알
수 있었다. 어렴풋하다고는 해도, 잦아들고 있다고는 해도,
쉼 없이 약해지고 더뎌지고 있다고는 해도, 그것은 죽음이
아니라 삶이었다. 우의 삶이 내는 기척이었다.

✦

　우가 언제부터 우였는지 모르겠다. 내가 언제부터
나였는지도 모르겠다. 적어도 내가 아는 우는 내가
만들었다. 우가 아는 나 역시 우가 만들었다. 이제 우와
분리된 나는 우의 부재로 이루어져 있다. 그 부재를 외면도
해보고 꿰어보려고도 해보고 밤낮으로 곡도 해봤으나
무엇으로도 어쩌지를 못해서 이런 문장들이나 쓰고 있다.
우는 어땠을까? 나의 경우 단추를 잃어버린 단춧구멍처럼
비어 있다.

✦

여의도 콘래드 호텔은 우와 내가 가본 곳들 중에서
가장 호화로운 장소다. 우는 어느 날 그 호텔의 디럭스룸
1박을 내게 깜짝 선물했다. 몇 번째인지 잘 기억나지 않는
어느 기념일이었다. 커다란 통창 너머로 한강이 펼쳐져
있고 새벽에는 떠오르는 아침 해가 보인다고 했다. 그런
곳에 가본 적이 없어서 우리는 다소 긴장했다. 우가
장애인콜택시에서 하차하는 동안 언제나처럼 앞서나가
출입문을 붙들려 하자 도어맨이 빙그레 웃으며 정중히 문을
열어주었다.

우가 선물한 방은 과연 호화로웠다. 고급 브랜드의
어메니티도, 파우더리한 향기를 풍기는 바삭한 침구도
좋았지만 그 방에 있는 것들 중 무엇보다도 값비쌌던
것은 풍경이었다. 이음매도 샷시도 시야를 방해하지 않는
커다란 유리창과 그 창으로 내려다보이는 한강. 우리는
창가에 붙어 앉아 햇빛을 반사하며 반짝이는 물결을
한참동안 내려다보았다. 전자동 시스템으로 통제되는 그
창문은 버튼을 누르기만 하면 볕 한 점 안 드는 암막커튼이
쳐졌다가 먼지 한 톨 없는 통창이 되었다가 했다. 유리는 막
닦은 것처럼 한없이 투명해서 몸을 조금만 앞으로 기울이면
저 빛나는 커다란 물로 곧장 낙하할 수 있을 것 같았다.
일출 같은 것에 평생 별 관심이 없어왔으나 우가 선물한 그
투명한 창으로는 반드시 뜨는 해를 보고 싶었다.

우리는 낮은 조도로 빛나는 호텔의 복도 곳곳을 신이

나서 걸어다녔고 커다란 소파가 나올 때마다 냅다 드러누워
보았다. 흰 식탁보가 깔린 테이블이 여기저기 놓여 있는
어느 환한 라운지에 들어서서 스크린으로 영사되고 있는
〈마루 밑 아리에티〉를 보며 디저트와 음료를 양껏 먹고
마셨다. 그리고는 다시 방에 들어가 저녁이 될 때까지
높은 창틀에 걸터앉아 사진을 찍으며 놀았다. 그날 나는
인터넷 쇼핑몰에서 만 원에 산 흰 티셔츠에 자꾸만 지퍼가
내려가는 까만 바지를 입고 있었다. 나는 별 생각 없이 편한
차림새로 온 것을 내심 후회했다.

　　모든 것이 높아 우가 거울을 볼 수도 개수대를 쓸 수도
없었던 대리석 욕실에는 우리 두 명이 들어갈 만한 욕조가
놓여 있었다. 뜨거운 물을 받고 입욕제를 풀자 욕조는 곧
미끌거리는 거품과 반짝이는 색색의 가루, 머리가 아프도록
강한 향기로 가득 찼다. 다치지 않도록 조심하면서 나는
힘이 없는 우를 욕조 안에 풍덩 떨어뜨렸다. 이어 함께
욕조에 들어가 우의 발을 마사지했다. 살면서 걸어본
지가 너무 오래되어서인지 우는 발을 아주 조금만 눌러도
아파했는데 나는 혈액순환에 좋을 것이라고 고집을
부려가며 우의 발 아치와 발가락 사이사이를 힘주어
문질렀다.

　　손잡이도 보조의자도 없는 욕조에서 나오는
일은 들어가는 일보다 훨씬 어렵고 위험했다. 어려운
상황에서 우를 업을 때마다 우는 여차하면 자기가 알아서
떨어지겠으니 나만은 다치지 않게 조심하라고 말하곤 했다.

그럴 때마다 나는 우를 업다가 미끄러져서 우의 꼬리뼈가 산산조각나는 상상을, 운이 나쁘면 뒤통수가 깨져서 응급실에 실려가는 상상을 했다. 젖은 솜처럼 무거워진 우를 들쳐업고 두 사람 분의 힘을 쓰며 가까스로 무릎을 세워 일어났다. 단단히 매달리는 우의 두 팔에 익숙하게 목이 졸렸다.

창밖으로 서울의 야경이 훤히 보였다. 우리는 창에 바짝 붙어서 밤의 불빛을 받아 눈부시게 빛나는 한강의 촘촘한 물결을 홀린 듯이 바라보았다. 왠지 황홀감에 젖어야 할 것 같았다. 그러나 우리는 벌벌 떨기 시작했다. 우야 무서워. 내가 말했다. 나도 무서워. 우도 말했다. 그 방은 너무 컸고 창은 거짓말처럼 투명해서 한강이 우리를 잡아먹을 것만 같았다. 우가 내 손을 당겨서 나는 걸터앉은 창가에서 내려왔다. 침대에 나란히 누워도 떨림이 멈추지 않았다. 침대와 창문은 한참 떨어져 있었는데도 넓고 깊고 추운 한강이 바로 우리 발치에서 넘실거리는 것만 같았다. 우리는 두려움을 잠재우려고 서로의 몸을 꽉 부둥켜안았고 실없는 이야기를 나누다가 이내 귀여운 섹스를 했다.

그러고 나서도 한참 동안 잠들지 못했다. 팔과 다리를 쭉 뻗어보아도 침대 바깥까지는 여유 공간이 차고 넘치도록 남아 있었다. 우리 몸 두 개는 족히 더 눕힐 수 있을 만큼 광활한 침대였다. 아니면 침대는 그다지 크지 않았는데 그저 우리의 몸이 너무 작았던 것뿐일지도 모른다. 어느 쪽이건 간에 그 커다란 침대는 우리에게, 특히 침대

가장자리에 바짝 붙어야만 몸을 가눌 수 있는 우에게
더없이 위험하고 불안정한 느낌을 주었다. 우리는 어느
순간 머리맡에 있는 버튼을 눌러 암막커튼을 쳤다. 그
좋다는 한강 뷰가 다 가려지고 방이 칠흑처럼 깜깜해진
이후에도 우리는 오랜 시간 잠들지 못하고 깨어 있었다.

　우리가 문득 캄캄한 방에서 눈을 떴을 때는 해가 중천에
뜬 시각이었다. 잇달아 설정한 알람들은 애진작에 꺼져
있었고 한낮이 성큼성큼 다가오고 있었으며 체크아웃 시간
직전이었다. 우리는 머리에 까치집을 하나씩 인 채 양치도
못 하고 서둘러 짐을 챙겼다. 나는 옷 입는 것이 느린 우를
채근하다시피 하여 바지를 입히고 단추를 채웠다. 우리는
울 것 같은 얼굴을 하고 허겁지겁 방을 나섰다. 나가는
투숙객들을 가득 태운 엘리베이터를 두어 대 보내고
나서야 로비에 도착해 쫓겨나듯 체크아웃을 할 수 있었다.
우리는 이상하고 슬픈 마음이 되어 IFC몰 실내의 어느
벤치에 한동안 앉아 있었다. 쇼핑 나온 가족들을, 그들이
끄는 유모차 위에서 위엄 있게 산책하는 희고 작은 개들을
말없이 구경했다.

　나는 우에게 뒤늦게 고맙고 미안했다. 호캉스에 대한
답례로 우가 좋아하는 초밥을 사주고 싶었다. 우리는 마침
회전초밥집을 발견했다. 두 명이 들어갈 수 있는 좁고
등받이가 있는 칸이 때맞춰 딱 하나 남아 있었다. 가게
입구에 동이를 주차한 후 우를 업고 들어가 우리 둘의 몸을
그리로 밀어넣었다. 자리는 비좁고 불편했다. 나는 그게

호텔방의 하염없이 푹신하고 넓은 침대에 누워 있는 것보다
훨씬 더 좋았다.

우리는 아낌없이 초밥을 입에 밀어넣었다. 한 접시 한
접시마다 엉덩이를 들썩거리며 과장되게 맛을 품평하고
호들갑을 떨었다. 초밥이 맛있을 때마다 우는 바닥에 닿지
않는 다리를 달랑달랑 흔들었다. 배가 한없이 고팠다. 끝도
없이 먹을 수 있을 것 같았다.

동이를 부탁해

이것은 우와 빈이 떠난 여행의 셋째 날에 있었던
이야기입니다. 이틀을 교토에서, 이틀을 오사카에서
보내는 일정이었죠. 사건은 그들이 교토에서 오사카로
이동하려고 짐을 싸던 2016년 2월 17일 아침에 시작합니다.
아, 여기에는 한 친구의 이름이 더 언급되어야 합니다. 바로
우의 전동휠체어, '동이'이지요.

　실은 동이야말로 이 이야기의 진짜 주인공입니다.
동이는 다른 이야기들에 나오는 멋진 주인공들처럼
앞장서서 모두에게 도움이 되거나 위기에 처한 주변의
인물들을 구해내지는 않았습니다. 오히려 그 반대라면 또
모를까요. 그는 우와 빈의 여행을 가능하게 하는 든든하고
묵직한 이동수단이었던 동시에, 여행의 셋째 날을 포함하여
여행의 계획 단계부터 집으로 돌아오는 순간까지 가장 크고
골치 아픈 짐이었습니다.

　그렇대도 여전히 이 이야기의 주인공은 동이입니다. 비
내리는 오사카에서 우산도 가지지 않은 우와 빈을 끝끝내
그 낯설고 고요한 기차에 태운 것은 동이였으니까요. 셋째
날의 여행 계획을 완전히 망친 것은 분명 동이였지만,
이들을 낯설고 다정한 니시노미야로 데려간 것도,
깊이 모를 상심으로부터 느릿느릿 구한 것도 분명
동이였습니다.

교토의 맑은 아침, 우와 빈은 뭔가 단단히 잘못되었다는
사실을 깨달았습니다. 동이의 배터리가 조금도 충전되지
않았다는 사실을 발견한 것입니다. 충전기를 뺐다가
다시 꽂아보아도 마찬가지였습니다. 충전 표시등에 불이
들어오고는 있었지만 배터리 잔량은 어제 청수사에서
돌아왔을 때 그대로였습니다.

　동이 없이는 코앞에 있는 화장실에 다녀오는 것조차
힘들 만큼 동이는 그들에게 필수적인 이동수단입니다.
그들은 자신들의 그 강인하고 튼튼한 전동휠체어가
120킬로그램쯤 나가는 고철덩어리로 속절없이 변하고
있다는 사실을 알아차렸습니다. 우는 굵고 짧게 신음했고,
빈은 얼굴에 떠오르는 당혹스러움을 미처 감추지
못했습니다. 건실한 성인 비장애인 남자라고 해도
120킬로그램짜리 짐을 가지고 여행을 다니기란 어려울
것입니다. 더군다나 신체장애를 가진 우와, 비장애인이지만
그다지 큰 도움이 되지 않을 것 같은 빈이요? 우는 눈앞이
캄캄해졌습니다. 어떤 종류의 재앙은 이렇게 소리 없이
다가오기도 한다고 빈은 생각했습니다.

　우와 빈은 어디서부터 무엇이 잘못되었는지를 찬찬히
분석했습니다. 우는 일본에 온 첫날부터 동이가 아예
충전되고 있지 않았으리라는 가설을 세웠습니다. 그럼 왜
첫날에는 몰랐지? 빈이 묻자 우는, 동이의 배터리 표시는
꽤 많은 거리를 주행한 후에도 항상 완충 상태로 떠
있다가 배터리가 절반쯤 닳았을 무렵부터 급격히 깎이기

시작한다고 설명했습니다. 인터넷을 열심히 뒤진 후 빈은
우의 가설이 맞다는 결론을 내렸습니다. 전동휠체어의
종류에 따라 변압기를 꽂아도 100볼트 환경에서 충전이
안 되는 경우가 있다고, 그럴 경우에 대비하여 100볼트의
전압을 220볼트로 높여주는 '승압기'를 별도로 챙기라고
경고하는 글을 발견했던 것입니다. 그렇습니다. 사실
여태껏 동이는 100볼트 환경에서 미미하게 흘러들어오는
전류의 감질맛에 애를 태우며, 주린 배를 얼싸안고, 우와
빈이 탱자탱자 여행을 즐기는 모습을 원망하고 있었던
것입니다.

　　우는 두 가지 방법을 시도해보자고 말했습니다. 동이를
출시한 전동휠체어 회사인 인바케어 일본 지점에 연락하여
100볼트용 전동휠체어 충전기를 구매하는 방법과, 숙소
근처의 전자상가인 요도바시 카메라에서 승압기라는
것을 구매해보는 방법입니다. 빈은 생각했습니다. 아침
일찍 일어나 은각사와 철학의 길을 다녀오겠다는 계획은
물거품이 됐네. 속상함이 떠오르는 빈의 얼굴을 동이는
힐끗 쳐다보았습니다. 자신의 잘못이 아니었으므로
미안한 마음을 가지고 싶지는 않았습니다. 다만 여행을
망치기에는 너무 맑고 아름다운 날씨라는 것을 부인하기는
어려웠습니다. 창밖에는 정갈한 교토의 거리가 펼쳐져
있었고, 열린 창문으로 연한 햇빛과 차갑지 않은 바람이
들어오고 있었습니다. 그들에게는 시간이 많지 않았습니다.

우선 첫 번째 돌파구를 뚫어보기로 합니다. 빈이
서둘러 짐을 챙기고 체크아웃을 준비하는 동안, 우는
로비에 내려가 직원에게 상황을 설명하고 도움을
요청하기로 했습니다. 가까운 전동휠체어 회사에 전화를
걸어 100볼트용 전동휠체어 충전기를 구매할 수 있는지
문의하는 것이 미션이었습니다. 우는 그 간단한 일에마저도
동이의 아까운 배터리를 사용해야 한다는 사실이
분통했습니다. 그러나 땅에 닿지 않는 다리를 두어 번 동동
흔들고 나서는 별 수 없이 객실을 나섰습니다. 필요할 때
적절한 도움을 얻어내는 것이야말로 우가 평생 익혀온
수완이었던지라 빈은 오전 중에 이 해프닝이 마무리되지
않을까 하고 은근히 기대를 걸었습니다.

우는 내려간 지 한참 만에 힘없이 돌아왔습니다.
어렵게 직원에게 상황을 설명하고 가까운 지사에 전화를
거는 데까지도 성공했지만, 외국인에게는 전동휠체어도
전동휠체어 충전기도 팔지 않는다는 답변을 받았다는
것이었습니다. 빈은 외국인인 것과 충전기가 무슨 상관인지
묻고 싶었지만 우가 동이보다도 훨씬 맥이 빠진 것처럼
보였으므로 잠자코 남은 짐을 마저 싸는 척했습니다.
이제는 하는 수 없었습니다. 100볼트의 전력을 220볼트로
높여준다는 승압기를 사러, 온갖 전자제품을 취급한다는
요도바시 카메라에 가는 방법밖에 없었습니다.

그들은 체크아웃 시간에 아슬아슬하게 맞추어 간신히
호텔을 나섰습니다. 맑은 겨울바람을 맞자 동이는 몸에서

또 한 번 힘이 쭉 빠져나가는 것을 느꼈습니다. 배터리 잔량
표시 또한 찰칵 하고 한 칸 더 깎였습니다. 그들은 동이의
속도를 최저로 낮추고 조심스럽게 정류장으로 이동하여
교토역으로 가는 저상버스를 기다렸습니다. 동이를 본
기사님은 능숙하게 이동식 경사로를 꺼내 펼쳐주었습니다.
저상버스에 올라탄 동이는 우와 비슷한 눈높이에서
창밖으로 지나가는 교토의 시내 풍경을 아쉬워하며
바라보았습니다. 버스에 탄 지 얼마 되지도 않았는데
어느덧 교토역 인근입니다. 탈 때와 마찬가지로 기사님은
민첩하게 경사로를 꺼내 그들이 저상버스에서 내리는 것을
도와줍니다. 한국의 대중교통을 이용할 때마다 눈칫밥을
먹곤 했던 동이는, 느리고 육중한 자신을 그저 거동이
조금 불편한 다른 할머니들과 조금도 다르지 않다는 듯이
대해주는 기사님이 고마웠습니다.

　　요도바시 카메라는 교토타워 바로 한 블록 뒤에
자리 잡고 있었습니다. 횡단보도에서 신호가 바뀌기를
기다리면서 그들은 한동안 요도바시 카메라 건물을
구경했습니다. 어찌나 크고 으리으리한지 전자상가가
아니라 백화점이 아닐까 싶을 정도였습니다. 왠지
이곳에서라면 승압기건 전동휠체어 충전기건 간에
얼마든지 찾아낼 수 있을 것 같은 기분이 들었습니다.
게다가 이 건물 지하에는 우와 빈이 사랑해 마지않는
맥도날드까지 있었습니다. 운이 좋으면 30분쯤 후, 그들은
맥도날드에서 동이를 충전시키며 기분 좋게 빅맥 세트를

먹을 수도 있을 것입니다. 힘없이 늘어져 있던 동이도
목적지에 다다랐다는 생각이 들자 반짝 기운이 나는 것
같았습니다. 신호등이 초록불로 바뀌자 그들은 길을 건너기
시작했습니다. 예감이 좋았습니다.

　우는 건물에 들어서자마자 지나가는 직원을
붙잡고 '昇壓器(승압기)'라고 큼지막히 적은 종이를
보여주었습니다. 가능한 한 동이의 동력을 낭비하지 않고
곧장 승압기를 찾고 싶었기 때문입니다. 곧 몇 명의 직원이
더 모여들었습니다. 빈은 우의 가방에서 동이의 충전기를
꺼내 직원들에게 건네주었습니다. 한국에서는 잘 사용했던
이 충전기가 일본에서는 작동하지 않는다고, 승압기라는
장치를 통해서 전압을 높여주어야 할 것 같다고 우는
번역기와 손짓발짓을 동원해 설명했습니다. 곧 누군가가
승압기를 가지고 왔습니다. 그것은 동이의 충전기보다 조금
더 작고 조금 더 무거운 물건이었습니다. 우리의 동이는
생각보다 전기를 많이 먹는 녀석이었던 모양입니다. 우가
공항에서 빌려온 작고 가벼운 돼지코 어댑터로는 기별도
가지 않았을 것이 틀림없었습니다.
　그런데 직원들은 한참 동안 저들끼리 옥신각신
이야기를 나눕니다. 다른 승압기를 가져와보기도 하고,
동이의 충전기를 서로 돌려가며 들여다보기도 합니다.
무언가 잘못된 게 또 있는 것일까요? 우는 알아듣지도
못하는 일본어 대화에 온 신경을 기울였습니다. 그는

불안했습니다. 동이가 이렇게나 많이 이동했던 적도,
이렇게나 오랫동안 충전되지 못했던 적도 없었기
때문입니다. 동이의 배터리 표시는 어느새 절반 이하로
줄어 있었습니다. 빈은 그들이 사흘 동안 움직인 거리를
가늠해 보았습니다. 완충 상태에서의 최대 주행량인
30킬로미터에 이미 육박하고 있다는 생각이 들었습니다.

　어떤 직원이 이면지와 볼펜을 가지고 왔습니다. 그는
우의 눈높이에서도 종이가 보이도록 자세를 낮추고
이면지에 무언가를 그리기 시작했습니다. 먼저 옆으로
긴 타원을 그리고, 타원을 동서로 나누는 직선도 지익
그었습니다. 그리고는 오른쪽에 '50Hz', 왼쪽에 '60Hz'라고
적었습니다. 그가 서툰 영어로 설명한 내용은 다음과
같았습니다. 전력 환경에는 전압이라는 개념 외에도
주파수라는 것이 있습니다. 일본의 경우 동부는 50헤르츠의
주파수를, 서부는 60헤르츠의 주파수를 사용합니다. 그런데
여러분께서 가져오신 충전기는 220볼트에 50헤르츠만을
지원합니다. 그러니 이 충전기로 이 휠체어를 충전하기
위해서는 이 승압기를 구매한 다음 도쿄에 가셔야 합니다.

　직원은 할 말을 잊은 우와 빈에게 충전기를
돌려주었습니다. 그들은 멍하니 충전기를
들여다보았습니다. 과연 충전기의 옆면에는 조그만 글씨로
'220V/50Hz'라고 적혀 있었습니다. 우와 빈은 그 충전기로
머리를 얻어맞은 기분이었습니다. 힘없이 고맙다는
인사를 하고 그들은 돌아섰습니다. 이제 더 이상 할 수

있는 일이 없었습니다. 동이의 전원을 켜서 건물 지하에
있는 맥도날드로 느릿느릿 이동하는 것 말고는요. 도쿄는
이곳으로부터 500킬로미터나 떨어져 있었고 맥도날드는
아무리 천천히 걸어도 겨우 2분 거리였습니다. 그들은
절망적인 기분으로 빅맥 세트 두 개를 주문하고 자리에
앉았습니다. 동이의 배터리는 깎여가고, 도쿄는 너무 멀고,
숙소는 오사카에 있었습니다. 모든 것이 막막했습니다.

우리의 동이는 더없이 화가 났습니다. 몹시도 피곤했던
데다가 이 먼 타지에서 자신의 노고를 알아주지 않는 우와
빈에게 적잖이 서운했기 때문입니다. 그래요, 다 좋지요.
여행도 좋고, 노는 것도 좋고, 가고 싶은 데 가든지 말든지
다 좋단 말입니다. 하지만 자신은 기꺼이 그들을 위해
발이 되어주었는데요. 둘뿐이었다면 이동할 수 없었을 먼
길을 이동할 수 있게 했고 또 돌아올 수 있게 했는데요.
이틀간 말도 못하고 내리 굶은 채로, 급할 때는 빈까지 등
뒤에 태우고, 두 사람 몫을 낑낑대며 달려가기도 했는걸요.
그들이 적어도 문제를 인식하게 되었다면, 동이를 위해서
무슨 방법이든 빨리 조치를 취해주어야 하는 것 아닌가요?
승압기다 뭐다 해서 기껏 아까운 배터리만 많이 썼는데,
무슨 이유에선지 충전은 해주지도 않고 자기들끼리만 글쎄
빅맥이라니요.
한편 우와 빈은 말없이 빅맥을 입에 욱여넣고
있었습니다. 동이 때문에 돌아가거나 포기했던 여러

일들이 하나하나 떠올랐습니다. 비행기에 전동휠체어를
실어주지 않는다고 해서 예약한 비행기표를 취소해야
했던 일, 화물칸에 전동휠체어를 실어주는 다른 항공사를
찾아 이곳저곳에 문의를 넣었던 일, 동이의 사이즈를 재고
배터리의 규격과 종류를 알아보았던 일, 항공사와 여러
번 통화하며 개중 가장 저렴한 비행기표를 고르기 위해
고심했던 일 등등이 생각났습니다. 일본에 와서 벌어진
일들도 있었습니다. 첫날 밤에는 예약해둔 배리어프리
객실을 문의하니 이 숙소에는 그런 객실이 없다는 통보를
받았던가 하면, 둘째 날 아침에는 역무원을 찾으려다가
멋모르고 비상 버튼을 누르는 바람에 들어오던 전철을
통째로 멈추는 대소동을 벌이기도 했습니다.

　우와 빈도 아주 화가 나기 시작했습니다. 하지만
누구한테 화를 내야 할지 몰랐습니다. 그들은 동이가 몹시
성가시고 귀찮게 느껴졌습니다. 동시에 동이가 없으면
아무것도 할 수 없다는 것을 여실히 실감하고 있었습니다.
동이는 단순한 고철덩어리가 아니었습니다. 그들의 일상을
지켜주던 강인하고 견고한 요새였습니다. 튼튼하고 힘센
동이가 아니었더라면 그들은 숱한 식당들 앞에 있는 가장
낮은 턱들도 넘을 수 없었을 것입니다. 빈을 뒤에 태운 채
마을버스와 경주하며 달릴 수도, 그토록 많은 곳을 함께
자유롭게 오갈 수도 없었을 것입니다. 그들이 서울의
곳곳을 가보게 된 것도, 무거운 짐을 주렁주렁 이고 여기
일본까지 여행을 떠나게 된 것도 모두 동이가 있었던

덕분입니다. 그런 동이가 아무런 힘을 쓰지 못하자 두 사람
역시 아무런 일도 할 수 없었습니다. 동이는 우와 빈의
일부였습니다. 동이가 없으면 세상 속으로 단 한 발짝도
제대로 뗄 수 없다는 것을 그들은 사무치게 깨달았습니다.
　　가급적 슬퍼하고 싶지는 않았습니다. 하지만
그들은 기어이 슬퍼지고 말았습니다. 동이가 방전되는
속도만큼이나 맹렬한 기세로 슬픔이 몰려오는 바람에
그들은 할 수 있는 한 가장 느리게 햄버거를 먹었습니다. 다
먹으면 이제 정말로 무엇을 해야 할지 몰랐기 때문입니다.
빅맥 세트는 아무리 천천히 먹어도 서서히 바닥을
드러냈습니다. 처음부터 라지 세트로 시켰어야 했다고
생각하며 각자의 마지막 감자튀김을 오물거리고 있을 무렵,
우의 휴대폰에 메시지가 하나 도착했습니다.

　　메시지는 졸업한 장애학생 선배가 보내온
것이었습니다. 그들이 SNS 여기저기에 올린 구조 요청을
본 선배는, 한국의 장애인자립생활센터를 통해 일본
니시노미야에 있는 장애인자립생활센터와 연락을 취했다고
그들에게 말해주었습니다. 그리고 그가 받은 긍정적인
답변도 전해주었습니다. 니시노미야로 그들이 찾아올
수만 있다면, 여분의 전동휠체어 혹은 규격이 맞는 휠체어
충전기를 흔쾌히 빌려주겠다는 것이었습니다. 우와
빈은 너무 기뻤던 나머지 햄버거를 먹던 다른 손님들이
놀라 돌아보거나 말거나 환호성을 질렀습니다. 둘 중

먼저 냉정을 되찾은 것은 우였습니다. 우는 구글 지도를
들여다보며, 니시노미야에 가기 위해서는 오사카에 있는
한큐-우메다역까지 가서 고베행 기차를 갈아타고 두
정류장을 더 가야 한다는 것을 알아냈습니다. 그때까지
동이가 버틸 수 있을까? 빈은 동이의 전원을 조심스럽게 켜
보았습니다. 배터리는 꼭 한 칸밖에 남아 있지 않았습니다.

  조급해진 그들은 서둘러 교토역으로 가서 오사카행
기차에 올랐습니다. 한 칸뿐인 배터리의 동이를 데리고
하릴없이 열차에 앉아 있자니 다시금 불안이 밀려들기
시작했습니다. 가장 좋은 시나리오는 니시노미야의
자립생활지원센터에서 동이와 같은 브랜드의 100볼트용
충전기를 빌리는 것일 테지요. 그러나 동이와 같은
브랜드의 전동휠체어는 한국에서도 좀처럼 흔히 보지
못했는걸요. 만일 동이에게 맞는 규격의 휠체어 충전기를
찾지 못한다면요? 센터에서 다른 전동휠체어를 빌려
오사카의 숙소로 돌아올 수는 있겠지만 그러면 우리의
동이는 어떡하지요? 멈춰버린 동이를 데리고 공항까지는
어떻게 가고, 비행기는 또 어떻게 타고요?

  그들은 어떤 답도 가지고 있지 않았습니다. 당장 한큐-
우메다 역에 내려서 어디로 가야 할지조차 몰랐으니까요.
하필이면 챙겨온 포켓와이파이마저 배터리가 똑 떨어지는
바람에 노선을 검색할 방법도 없어지고 말았습니다.
오사카에는 추적추적 비가 내리고 있었습니다. 그들은
한동안 우산도 없이 비를 맞으며 길을 헤맸습니다. 한참이

걸려서야 간신히 지나가는 역무원을 붙잡아 도움을 요청할
수 있었지만, 그 무렵에는 이미 동이가 지칠 대로 지쳐
마침내 배터리 표시란에 빨간 경고등을 띄운 상태였습니다.
　이제 동이는 너무나 느려진 나머지 앞으로 나가고
있다고는 도저히 믿어지지 않을 정도였습니다. 우가
땅으로 내려가 굴러간다고 해도 지금의 동이보다는
빠를 것 같았습니다. 빈이 얼마간 동이를 있는 힘껏
밀어보았지만 속력은 그다지 달라지지 않았습니다. 빈은
얼마 못 가 기진맥진해져서는 나가떨어져 버렸습니다.
우는 마치 자신이 걸어가는 양 힘을 쓰며 휠체어 위에서
씩씩대고 있었습니다. 역무원은 이동식 경사로를 들고
한참을 앞서가다 돌아보고, 다시 한참을 앞서가다 또
돌아보았습니다. 동이는 이 모든 상황이 몹시 마음에 들지
않았습니다. 자존심이 한껏 무너져 내렸던 것입니다.

　우와 빈은 고베행 기차에 올라타자마자 부랴부랴
동이의 전원을 껐습니다. 하지만 그 누구도 목격하지
못했습니다. 그들이 전원 버튼을 내리기 직전,
아슬아슬하게 동이가 먼저 픽 꺼져버리는 것을요. 동이는
몸과 마음을 완전히 소진해버렸습니다. 쓸 전력이라고는
단 한 방울도 남지 않았고 마음까지 단단히 닫아버리고
만 것입니다. 다시 충전할 수 있게 될 때까지 그는 두 번
다시 켜지지 않을 작정입니다. 앞으로 남은 이동은 그들이
알아서 해야겠지요. 조금 고되겠지만, 뭐, 동이가 그간

감내했던 수고에 비하면 아무것도 아닙니다.

동이는 천천히 열차 안을 둘러보았습니다. 조용한
객실은 각자의 일상을 사는 사람들로 듬성듬성 차
있었습니다. 여행객이라곤 그들뿐이었습니다. 빈은 긴장이
탁 풀리는 것을 느꼈고, 쏟아지는 피로에 취해 가까운
가장자리 좌석에 털썩 걸터앉았습니다. 차창 밖으로는
부드러운 윤곽의 구름들이 낮게 흘러가고 있었습니다.
아까의 비는 지나가는 소나기였을까요? 빈은 몸을 축
늘어뜨린 채로 말없이 창밖을 내다보았습니다. 동이는,
차창에 비치는 빈의 딱정벌레 같은 두 눈이 이따금
깜작거리는 것을 조용히 구경했습니다.

불쑥 영화 〈센과 치히로의 행방불명〉이 떠올랐습니다.
언젠가 영화관에서 셋이 조로록 앉아 그 영화를
보았거든요. 빈이 동이를 객석 구석에 주차하고 우를 업어
영화관 좌석에 옮겨앉혔죠. 동이는 극장 구석에서 본 그
영화가 무척 마음에 들었습니다. 특히 치히로가 기차를
타고 바다 위를 달려 담담히 자신이 있던 자리로 돌아가던
장면이 좋았습니다. 빈의 얼굴을 보고 있자니 왠지 그때의
치히로가 떠올랐습니다. 부드럽고도 결연했던 치히로,
그 조그만 얼굴이 지금의 빈의 얼굴과 겹쳐 보였습니다.
차창에 비치는 빈의 옆얼굴은 영화 속 치히로처럼
깊이 생각에 잠겨 있었습니다. 무슨 생각을 하는지는
알 수 없었지만 빈이 이렇게 지쳐 보인 적은 없었던 것
같았습니다.

바로 그때였습니다. 구름이 조금 더 걷히고 햇빛이
넝쿨처럼 들어와 창가에 있던 얼굴들을 감쌌습니다.
그러자 사람들의 얼굴이 세상의 것이 아닌 것처럼 일제히
환하게 빛났습니다. 그 순간 동이는 깜짝 놀랐습니다.
어디론가 떠나버리기를 간절히 바라는 빈의 얼굴을
보았기 때문입니다. 지친 빈은 그 순간 빈이라는 이름을
버리고 싶어하는 것 같았습니다. 모든 것을 내팽개치고,
그래서 빈이라는 이름으로 책임질 것들도, 빈을 괴롭게
하는 것들도 모두 없어지기를 바라는 것 같았습니다. 이
순간이 아니고 여기 이곳도 아닌 다른 시간과 공간으로
떠나버렸으면 하는 마음, 그런 마음이 빈을 마구
충동질하며 창밖으로 끌어당기고 있는 것처럼 보였습니다.

동이는 빈의 얼굴에 떠오르는 표정이 도저히 믿기지
않았습니다. 설마, 빈이가요? 이따금 울거나 툴툴거린
적은 있어도 영영 떠나버리고 싶다는 기색은 비친 적이
없었는데요. 그러나 어쩌면 지금의 빈은 정말 그 생각을
하고 있는 것인지도 모르겠습니다. 이 순간이 아니고 여기
이곳도 아닌 다른 시간과 공간이라니. 그곳은 아마도 영화
속에서 치히로의 엄마 아빠를 매료시켰던 낯설고 이상한
골목 같은 곳일 것입니다. 지금 여기에 있는 나를 망각하게
되고, 자신의 이름 때문에 책임질 것들도 모두 없어지는
세계일 것입니다. 치히로가 자신의 이름을 잃어버리고
센이라는 이름으로 살았듯이, 빈은 지금 빈이라는 이름을

버리고 이름도, 그 이름이 갖는 무게도 털어버릴 수 있는
덧없고 아름다운 삶으로 가버리려는 것입니다.

　　얼마나 달콤할까요. 사랑하는 것도 소중한 것도 가지지
않는 삶이란. 더 이상 궁색해질 일도 옹졸해질 일도 없을
것입니다. 관계와 종속과 책임이 빈의 어깨에서 떨어져나갈
것이고, 그곳에는 영영 우와 동이가 없을 것입니다.
그러면 우와 동이 때문에 생기는 크고 작은 걱정과
사건도 없어지는 것입니다. 아침에 일어나 나갈 준비를
하는 데만 두어 배의 시간이 걸리는 일도, 배탈이 났는데
장애인화장실을 찾지 못해 지하철역으로 달려가는 일도,
엘리베이터와 경사로가 있는 길을 찾아 먼 길을 돌아가는
일도, 호흡의 수치나 검진 기록 따위로 애인이 조금씩
쇠약해지고 있다는 사실을 상기할 일도, 빈의 삶에서는
모두 지워질 것입니다. 마침내는 세상에 그런 걱정이
있었다는 사실조차 잊어버린 채 살게 될 것입니다.

　　이 순간 빈은 절망의 깊은 밑바닥에 내려가 있었습니다.
동이는 생각했습니다. 지치고 슬픈 빈을 위로해줄 수
있는 건 무엇일까요? 이 모든 고민의 근원인 근육병을
가진 애인과, 새 힘을 주기는커녕 있는 힘도 거덜나게
하는 120킬로그램짜리 고철덩어리 동이는 빈에게 아무런
희망도 되어주지 못할 것 같았습니다. 동이는 갑자기 덜컥
겁이 났습니다. 정말로 빈은 우와 동이를 놓아버리고 싶은
건 아닐까요? 예전의 이름 같은 건 얼마든지 놓아버리고,
환상의 나라 속 센이 되어 영영 그들 곁을 떠나버리는 것은

아닐까요?

동이는 영화를 떠올려보았습니다. 다 기억나지는
않았지만, 치히로가 자신의 이름을 끝까지 놓지 않았다는
사실만은 알고 있었습니다. 끝까지 이름을 손에 쥐고
있었던 덕분에 치히로는 센의 세계를 떠나 치히로의 세계로
되돌아올 수 있었습니다. 치히로의 세계는 센의 세계처럼
화려하고 영원하고 환상적이지는 않았습니다. 그 세계는
시간이 흐르고 삶과 죽음이 있고 기쁨과 슬픔이 공존하는
곳이었습니다. 툴툴거리는 낡은 승용차가, 부산하고
산만한 이삿짐이, 친구가 선물로 준 편지와 꽃이, 치히로가
사랑하는 부모님이 치히로를 기다리고 있었습니다. 동이는
바로 그 점에 대해서 오래오래 생각했습니다. 어느덧
기차에서는 곧 니시노미야역에 도착한다는 안내방송이
나오고 있었습니다.

동이는 생각했습니다. 빈이 빈이라는 이름을 버리지만
않는다면, 두 사람에게 한 번쯤 더 조력자가 되어주는 것도
나쁘지 않겠다고요. 그렇게 해서 빈이 우와 동이의 곁을
떠나지 않을 수 있다면 더 좋을 것 같다고요. 어쨌든 동이는
빈이 좋았고, 빈이 그들 곁을 떠나기를 바라지 않았습니다.
사려 깊은 동이는 한 번만 더 그들에게 도움을 주기로
했습니다. 그들이 오늘의 고난을 해결했다고 기뻐할 수
있게. 모든 것을 그들 자신의 힘으로 극복했다고 착각할 수
있게. 언젠가 먼 날 또 다른 비참의 구렁텅이에서 오늘의

기억을 위로처럼 드리워 힘든 마음을 버텨낼 수 있게.

기차가 느려지기 시작하자 우는 동이의 전원을 켜보았습니다. 동이는 못 이기는 척 슬그머니 기척을 냈습니다. 그러자 거짓말처럼 반짝 전원이 들어왔습니다. 동이가 아직 살아 있어! 우와 빈은 놀라고 기뻤습니다. 빨간 경고등이 들어온 상태이긴 했지만, 환대를 받는 기분이 썩 나쁘지는 않았던지라 동이도 기운이 조금 났습니다. 이윽고 기차는 니시노미야역에 다다랐습니다. 이동식 경사로를 들고 그들을 기다리는 역무원의 모습이 점점 가까워졌습니다. 비구름이 완전히 걷힌 하늘도, 야트막하게 엎드려 햇빛을 받는 지붕들도 빼꼼 내다보였습니다. 우가 동이를 움직여 내리기 좋은 위치로 운전해갔습니다. 빈은 망설이듯 잠시 무릎을 내려다보았다가, 풀어진 목도리를 고쳐 묶고 이내 일어섰습니다.

문이 열리자 그들은 아주 천천히 니시노미야역에 내렸습니다. 아직까지는 전혀 알 수 없었습니다. 모든 게 괜찮아지리라는 것을요. 센터에 무사히 찾아가리라는 것도, 한국인 활동지원사인 현조 씨를 만나 도움을 받으리라는 것도, 센터에 동이와 같은 브랜드의 전동휠체어 사용자가 딱 한 명 있으리라는 것도, 그에게서 100볼트용 전동휠체어 충전기를 무사히 빌리리라는 것도요. 아무것도 모르는 채로 그들은 걷기 시작했습니다. 다다르는 곳이 또 다른 좌절의 모퉁이일지 몰라 두려웠지만, 적어도 정수리로 떨어지는 오후 햇볕은 따뜻했습니다. 우와 빈과 동이는

계속 걸었습니다. 각자의 이름을 꼭 쥐고, 한 발짝 한 발짝,
기쁨과 슬픔에 찬 세상으로 걸어갔습니다.

2016년 2월, 우와 다녀온 교토-오사카 여행에서 일어난 사건을 우의
전동휠체어인 동이의 시점으로 재구성해 썼다. 전철을 멈춰세우고
동이가 방전될 뻔했으며 지갑을 잃어버렸던 이 좌충우돌 여행은 우와
함께 다녀온 유일한 해외여행이었다.

4장

가을겨울봄여름

2017년의 어느 여름날 우와 나는 찬이를 보러 갔다. 사고가
2016년 7월이었으므로 찬이가 잠들어 있는 시간이 일 년
남짓 되는 때였다. 찬이는 그해 내내 병원에 있다가 이듬해
봄 마침내 퇴원하여 가족생활동에 있는 그의 집으로
돌아왔다. 우리는 찬이네 바로 옆집에 살고 있었는데도
왜인지 차일피일 핑계를 대며 찬이를 방문하지 않고
있었다. 그러나 그날은 어떤 핑계도 찾지 못해서 드디어
그를 보러 갔다.

　　우와 나는 마중을 나온 찬이의 어머니께 인사를 드리고
휠체어용 자동문에 쳐놓은 모기장을 열었다. 모기장에서
먼지가 많이 묻어나는 것이 의아했다. 이제 아무도 그 문을
사용할 일이 없다는 데 생각이 미치기까지는 시간이 조금
걸렸다. 현관에는 찬이가 쓰던 전동휠체어가 파란 비닐이
씌워진 채 주차되어 있었다. 꼬질꼬질한 동이와 달리
언제나 반질반질 윤이 나도록 닦여 있던 그의 휠체어였다.
그는 동아리 친구들 중 가장 점잖고 안전하게 전동휠체어를
다루던 사람이었다. 지금은 그의 깨끗하고 튼튼한 휠체어도
오랫동안 켜지지 않고 긴 잠을 자고 있었다.

　　우리는 찬이의 휠체어를 지나 부엌을 통과하여 찬이가
있는 방으로 들어갔다. 방의 한가운데 놓인 병원용 침대에
찬이가 누워 있었다.

찬이 안녕!

우리는 인사했다.

찬이가 우리를 등진 채 누워 있었으므로 찬이의
어머니가 그의 몸을 이쪽으로 돌려주었다. 그는 피부가
아주 희어졌고 병원에서 보았을 때보다 더 부어 있었다.
코와 목에는 호스가 연결되어 있었는데 각각 호흡과 식사를
위한 것이었다. 찬이가 쓰는 호흡기는 우가 쓰는 것과
똑같았다. 찬이의 감긴 눈은 너무 커 보여서 조금은 다른
사람 같았다. 항상 그의 코끝에 아슬아슬하게 걸쳐져 있던
도수 높은 안경은 어디에 놓여 있는지 보이지 않았다.

우와 나는 찬이의 머리쪽에 대고 한동안 이런저런
근황 이야기를 했다. 동아리 회장이 우에서 나로 바뀐
이야기("이런 것이야말로 진정한 회전문 인사가 아닐까?"),
다음 학기에 배포할 새 문집 제작에 들어간다는 이야기,
찬이가 설립한 사회적 기업인 '배리어윙스'의 활동 이야기,
배리어윙스가 8개월에 걸쳐 동분서주 고군분투하며 깔았던
학교 근처 가게들의 경사로 이야기, 우리가 출연하게 된 EBS
다큐멘터리 이야기 등등. 대답이 돌아오지 않아서 찬이에게
말을 하는 건지 옆에 있는 찬이 어머니에게 말씀을 드리는
건지 조금 헷갈릴 때가 있었다. 찬이의 활발한 활동들에
대해 이야기할 때는 어머니의 얼굴도 조금 환해졌다.

찬이의 어머니가 잠시 통화를 하러 자리를 비운 사이
우리는 그의 방도 둘러보고 책장에 꽂혀 있는 책들의
제목도 읽어보았다. 인문사회 분야의 교양 서적들,

베스트셀러 자기계발서들, 각종 경제학 전공서적들……. 책들은 높고 먼 곳에 꽂혀 있어서 글씨가 잘 보이지 않았다. 손이 닿는 곳에는 찬이를 돌보기 위해 쓰이는 여러 의료적 용도의 물건들이 가지런히 놓여 있었다. 벽에는 여러 장의 종이도 붙어 있었다. 찬이의 몸을 돌리는 법이나 식사를 하는 법 등등 찬이를 돌볼 때 주의해야 할 크고 작은 사항들이 해변에 밀려드는 파도의 무늬처럼 잔잔하게 적혀 있었다.

　찬이의 어머니가 통화를 마치고 돌아오자 우리는 자리에서 일어났다. 자주 오라고, 언제든지 와도 된다고 찬이의 어머니는 말했다. 방금 통화했던 사람이 말하기를, 몇 년 만에 깨어난 사람도 보았으니 찬이는 꼭 일어날 것이라면서. 나는 나도 모르게 힘차고 씩씩하게 대답했다. 그럼요. 저희가 다들 기다리고 있으니까요. 동시에 나는 깜짝 놀랐는데, 막연히 그런 낙관적인 말을 하는 스스로가 차갑고 무정하게만 여겨졌기 때문이다. 찬이와 그의 어머니가 어떤 시간을 보내고 있는지 아무것도 모르면서……. 나는 얼버무리듯 말했다. 또 올게요. 한 번 더 고쳐 말했다. 자주 올게요.

　그날 밤에 우와 나는 침대에 나란히 누워 찬이에 대한 이야기를 나누었다. 찬이를 보니 어땠어? 우가 묻자 몸이라기보다는 밀가루 반죽처럼 놓여 있던 그의 팔이며 손이 떠올랐다. 나는 조금 망설이다가 솔직하게 대답했다. 퍼져 보였어. 조금 생각하다가는 또 말했다. 누워 있는

동안에도 근육병이 계속 진행되는지 궁금했어. 우는 자신도
똑같은 생각을 했다고 말했다. 나는 우리가 과연 정말
같은 생각을 했을지 궁금했다. 찬이와 비슷한 종류의 병을
가진 우도 언젠가 이렇게 의식 없이 내 앞에 누워 있게 될
것이라고 우가 정말 예감했는지 궁금했다.

　이어 찬이에 얽힌 이런저런 이야기를 나누자 바로 조금
전 찬이와 저녁이라도 먹은 것처럼 그가 몹시도 가깝게
느껴졌다. 침대 발치에 있는 벽 너머에 찬이가 일 년 넘게
자고 있다는 것이 믿기지 않았다. 찬이의 고개가 앞으로
떨어졌을 때 그가 어떤 방식으로 자신의 머리를 다시
돌려놓았는지 이야기할 때에는 우리 둘 다 배를 잡았다.
머리가 앞으로 툭 떨어지면 한편으로는 별 수 없다는
듯, 또 한편으로는 이쯤이야 별일도 아니라는 듯 잠시
휠체어를 후진시키던 일을, 그러다 불시에 부아앙 하고
힘차게 전진하면 찬이의 동그란 머리가 통 하고 제자리로
되돌아오곤 하던 일을. 찬이만이 능수능란하게 구사하던
그 일 보 후퇴 이 보 전진의 시퀀스가 바로 어제 일처럼
생생했다.

　그런가 하면 새로 장만한 노래방 마이크에 신이 난
찬이가 새벽 한 시까지 빅뱅 노래를 메들리로 불러댄 밤도
있었다. 벽간소음을 참다 못한 우가 전화를 걸자 쿵쿵
울리던 〈붉은 노을〉의 간주가 뚝 끊겼다. 한껏 증폭된 데다
리버브 효과까지 곁들인 목소리의 찬이가 벽 너머에서
태평히 전화를 받았다.

우　어 찬이야.

찬　네 형! (네 형!⋯ 네 형!⋯)

우　잠 좀 자자.

찬　네 형! (네 형!⋯ 네 형!⋯)

　우와 나는 한참동안 베개를 머리로 퍽퍽 치며 낄낄거렸다.

　그러고 나서는 한동안 말없이 누워 있었다. 컴컴한 천장이 멀고 높았다. 나는 나직이 물었다. 찬이가 우리 목소리를 듣고 있었을까? 우리 이야기를 다 들었을까? 우는 아니었으면 좋겠다고 말했다. 우리가 하는 말을 다 듣고 느끼고 있다면 찬이가 너무 답답하고 힘들 것 같아. 그러자 문득 내가 땀을 흘리고 있다는 것이 느껴졌다. 등에서 배어나오는 땀이 얇은 요에 조금씩 스며들고 있었다. 덥고 습한 계절이었다.

　우리는 찬이가 자는 잠을 생각했다. 박쥐나 거북이가 자는 잠, 아주 큰 곰이나 아주 작은 씨앗이 자는 잠처럼 깊고 춥고 어두운 잠. 그런 잠을 자는 찬이를 상상했다. 잠시 동안은 언제까지고 그를 기다릴 수 있을 것 같은 기분이 들었다. 찬이의 빈집이 겨울이 가고 봄이 오는 동안 묵묵히 그를 기다렸던 것처럼.

　그러나 찬이의 시간들은 결코 우리가 헤아릴 수 있는 시간이 아닐 것이다. 나도 우도 알지 못하는, 병원용 침대도 가족생활동 집도 심지어는 찬이의 어머니마저도 가늠할

수 없는 멀고 기약 없는 시간일 것이다. 분간되지 않는
온도의 어둡고 가혹한 계절들을 오로지 찬이만이, 어머니도
친구들도 자신의 튼튼한 전동휠체어도 없이 반죽처럼 희고
말랑한 몸으로 지나오고 있는 것이다.

　우와 나는 여름밤의 침대에 누워 봄여름가을겨울의
오래된 노래를 흥얼거렸다. 다시 떠난다는 말은 말아줘.
힘겨운 나를 위해 곁에 있어줘. 너마저 내 곁을 떠나면 난
기댈 곳이 없어~.

　그러다 이내 노래를 그만둔 것은 그런 노랫말마저
그에게 너무 혹독할까 봐 두려웠기 때문이다. 벽 하나를
두고 있을 뿐인데 찬이가 머무르는 여름과 우리가 살고
있는 여름이 너무나도 먼 것만 같았다. 우리는 박쥐와
거북이의 깊은 밤이, 아주 큰 곰과 아주 작은 씨앗의 어두운
시간이 얼마나 긴 것인지 알고 싶었다. 가을겨울봄여름.
가을겨울봄여름. 우리는 찬이와 우리 사이에 가로놓인
계절들을 거듭 세어보았다. 분간 못 할 그 계절들이 헤아릴
수 없는 속도로 찬이와 우리의 방 사이를 건너오고 있다고
믿고 싶었다.

✦

　손톱 옆의 약한 살을 공연히 뜯으며 오후를 다 보내고
느지막이 배달음식을 받아볼 무렵 밖에서 사이렌 소리가
났다. 얼마 지나지 않아 멋기에 지나갔겠거니 생각하며
떡볶이의 비닐 포장을 자르고 있는데 문득 창문 너머로

불빛이 깜빡이는 것이 느껴졌다. 창밖으로 앰뷸런스 두
대가 문을 연 채 서 있는 것이 보였다. 휠체어가 드나드는
자동문을 열고 슬리퍼 바람으로 집밖으로 나갔다. 옆집의
같은 문, 마찬가지로 휠체어 통행을 위해 설치된 자동문이
보였다. 찬이가 오랜 시간 잠을 자고 있는 옆집에서는
한동안 쓰일 일이 없던 문이었다. 그 문이 활짝 열려 있고
모기장이 올라가 있고 현관 불이 켜져 있었다. 텅 빈 문가에
걸린 얇고 푸른 천이 들이치는 바깥바람을 맞으며 천천히
흔들리고 있었다.

　우가 말렸지만 나는 다시 앰뷸런스가 서 있는
창쪽으로 다가가서 바깥풍경을 계속 건너다보았다.
구급대원들이 긴급한 몸짓으로 누군가를 앰뷸런스에
싣는 것이 보였다. 체구가 작았다. 중년의 한 여자가
흐느끼며 다른 앰뷸런스에 올라타는 것도 보았다. 나는
그 울음소리가 내가 아는 사람의 것인지, 그녀가 정말로
찬이의 어머니인지 알고 싶었다. 그러나 자세히 볼 겨를도
없이 환자를 실은 첫 번째 앰뷸런스는 서둘러 출발했고 두
번째 앰뷸런스 역시 활동지원사인지 누구인지 모를 다른
사람까지 황급히 태워서 떠나버렸다.

　찬이인 것 같아. 나는 방으로 돌아와서 말했다.
　아닐 수도 있어. 우가 대답했다.
　우리는 차게 식은 떡볶이를 나누어 먹었다.

✦

우와 내가 쏟아지는 장대비를 뚫고 영등포구에 있는
찬이의 장례식장에 도착한 것은 발인 전날 밤이었다.
우리는 우가 치른 공기업 면접 때문에 강원도 원주에서
하루를 묵고 올라오는 길이었다. 우도 나도 여러모로
장례식에 갈 만한 차림은 아니었다. 우가 면접장에서 입은
대여 정장은 여기저기 구겨진 채 대강 개켜져 동이 뒤에
걸려 있었다.

나는 연신 하품을 했다. 원주에 머무르는 동안 역에서
숙소까지 차로 20분 남짓 되는 길을 이동할 교통편이 없어
오후 내내 걸어야 했던 것이 적잖이 고달팠다. 안 울기로
약속했지? 나를 힐끔 보고는 우가 말했다. 진짜 하품이야.
나는 대답했다.

장례식장 앞에는 '턴투에이블'이라고 적힌 화환과
'배리어윙스'라고 적힌 화환이 나란히 놓여 있었다. 턱
때문에 동이가 실내로 들어갈 수 없을까 봐 걱정했지만
찬이의 친구 영이 어딘가에서 신속히 제작해온 튼튼한
경사로 덕에 영정사진 앞까지 매끈하게 이동할 수 있었다.
우리는 찬이의 영정사진을 올려다보았다. 어리고 순하고
앳되었다.

찬이야! 나는 속으로 그를 불렀다. 야 너 진짜 대박이다.
밥 먹기로 한 게 언젠데 여기서 치사하게 이러기 있냐. 너
자는 동안 배리어윙스에서 학교 주변 식당들에 경사로도 다
깔았잖아. 어? 대박이잖아. 보고 싶지 않아? 우리 학교 근처

맛집 궁금하지 않아?

　영정사진 앞에는 그간의 찬이가 쌓은 공과 업이 적힌
종이들이 인쇄물로 가지런히 전시되어 있었다. 여태껏
까먹고 있었는데 찬이는 전국고교최강 〈도전! 골든벨〉도
나가고, 이명박 대통령이 수여하는 대한민국인재상도
받고, 해외 장애대학생 장학 프로그램으로 미국도
다녀오고, 하여튼 남부럽지 않은 온갖 스펙에다 사회적
기업도 설립하고 굵직한 사업들까지 척척 따낸 인재 중의
인재였다. 노력과 성취에 남다른 재능이 있었던 찬이는
남들도 자기만큼 능력이 있는 줄 알았는지 동아리의 여러
사업을 상당한 규모로 계획하고 거침없이 실행에 옮기는
야심가였다. 둥글둥글하고 넉살 좋은 찬이에게는 사람들을
자신의 뜻대로 움직이게 하는 신묘한 능력이 있었다.
막상 찬이가 시키면 꼼짝 못 하면서, 우리는 찬이야말로
우리 중에서 제일 에이블리스트라고 수군거렸다.
오죽하면 동아리 이름에도 '에이블'이 꼭 들어가야 한다고
고집이었겠어!

　몇 년 전에 찬이가 썼다는 자기계발서 《공부의 신을
이기는 공부의 락》도 거기 함께 놓여 있었다. 나는 책에
적힌 문구들을 읽어보았다. '한국의 스티븐 호킹? 나는
찬이!' '수능 올킬 공신을 이긴 공부 절대 강자! 꼴찌도
공부를 즐기게 하는 기적의 '락' 공부법!' 나는 여태껏
찬이와 벽 하나를 맞대고 수년을 살았으면서 찬이가 '한국의
스티븐 호킹'이었는지도, '수능 올킬 공신을 이긴 절대

공부 강자'였는지도 모르고 있었다. 그제서야 내가 찬이의 기적의 '락' 공부법을 궁금해하거나 말거나 사진 속 찬이는 명랑하게 웃고 있었다.

우와 나는 다른 동아리원들과 함께 찬이의 가족이 동아리 친구들을 위해 마련해놓은 식탁에 둘러앉아 육개장을 먹었다. 휠체어 높이에 맞추어 좌식 상 여러 개를 블록처럼 쌓아 입식으로 만든 웅장한 규모의 식탁이었다. 휠체어를 탄 친구들은 찬이의 장례식이 지금껏 가본 그 어떤 장례식보다도 배리어프리하다고, 역시 찬이라서 뭐가 다르기는 다르다고 우스갯소리를 하며 떡과 방울토마토를 입으로 밀어넣었다. 찬이와 보낸 시간들을 들추며 추억팔이하는 시간도 그리 오래가지는 못했는데, 함께 장례식장에 방문한 동아리원들 중 절반은 찬이가 누군지 몰랐기 때문이다. 우리는 육개장을 다 비우고도 얼마간 우물쭈물 침묵 속에서 자리를 지켰다.

나는 찬이가 내가 하는 연극에 와주었던 일을 생각하고, 내가 자기를 끝끝내 오빠라고 부르지 않아서 당황해했던 일을 생각하고, 언젠가 벽 너머로 찬이가 〈라젠카 세이브 어스〉를 열창하던 일을 생각했다. 녹음이라도 해뒀으면 좋았을까. 찬이의 가늘고 높은 목소리를 다시 한 번 듣고 싶었다. 나는 핸드폰 속에 있는, 극장에서 함께 찍은 찬이와의 사진을 보고 또 보았다. 한 번쯤 오빠라고 불러줬어도 나쁘지 않았을 것 같았다. 나의 눈이 차츰 젖어가는 것을 보고도 우는 아무 말 하지 않았다.

✦

찬이는 험준하고 가파른 산지에 있는 납골당 '천국의
계단'에 안치되었다. 차 없는 사람이 선뜻 찾아오기는 쉽지
않을 법하거니와, 찬이가 있는 구역 앞에는 높은 턱 하나가
놓여 있어 휠체어를 탄 친구들은 더욱 오기가 어려울
듯했다. 찬이의 자리는 내 눈높이보다 머리 하나 정도 더
높은 곳에 있었다. 평생 휠체어에 앉아서 살았던 찬이가
조금 더 높은 곳에서 좋은 경치를 보았으면 했다는 찬이
부모님의 이야기를 나는 괜히 딴청을 피우며 발끝으로
들었다.

나는 찬이의 부모님이 적은 편지와 작은 꽃다발이 붙어
있는 유리칸을 건성으로 바라보고는 괜시리 다른 사람들의
자리를 기웃거렸다. 꽃이며 사진으로 가득 차 함에 적힌
이름도 채 알아볼 수 없는 칸이 있었는가 하면 함만
덩그러니 놓여 있는 칸도 있었다. 많은 칸들에 미니어처
제사상이 놓여 있었다. 양념 반 후라이드 반 조합의
치킨과 맥주가 놓인 소박하고 둥근 소반이 있었는가 하면,
시루떡부터 킹크랩까지 상다리가 휘어지게 차려진 커다란
제사상도 있었다.

나는 찬이가 밥을 먹던 모습을 떠올렸다. 힘이 없는
두 손으로도 포크를 놀려 한 입 크기로 음식을 자르던
노련함, 조심스럽게 집어들고는 포크를 비잉 돌려 입에
넣던 신중함, 그런 섬세한 기술로 고개를 숙이지 않고도
야무지게 식사를 하던 모습. 밥을 복스럽게 잘 먹는 것은

찬이의 미덕이었다. 이마가 넓고 볼이 동그랗고 안경 렌즈
너머 보이던 눈이 자그만 단추처럼 반짝이던 찬이. 얼굴이
후덕하다는 놀림에서도 아주 조금의 비꼼조차 읽어내지
않고 문집 자기소개글에 그 말을 태평스레 적어넣기도
했던 찬이. 그러나 근육병이 있는 사람이 으레 그렇듯 둥근
얼굴에 비해 몸만은 놀랍도록 자그맣고 말랐던 찬이. 나는
때로 사람들의 악의를 미처 상상하지 못하는, 무구하고
구김살 없는 사람들을 남몰래 시기했지만 찬이만은
좋아했다.

　우리는 마치 찬이가 그 안에 진짜로 들어 있기라도
한 양 찬이의 유골함에 대고 여기 공기가 어떻네 햇빛이
저떻네 말을 걸었다. 그러다가도 어느샌가부터는 찬이가
세상 그 어디에도 없는 것이 지극히 자명하고 자연스럽다는
듯이 태연하게 찬이가 없는 세계에 대해 이야기를
나누었다. 나는 찬이의 유골함이 놓인 자리가 제아무리
높다 해도 찬이의 부드럽고 너그러운 마음이 살기에는
턱없이 비좁고 답답할 것만 같았다. 이 모든 게 다 갑갑하고
숨이 막혀서 가파른 이 천국의 계단에서 집까지 데굴데굴
굴러갔으면 했다.

　찬이와 그리 떨어지지 않은 곳에는 뜻밖에도 마광수가
안치되어 있었는데, 그의 칸은 찬이가 있는 칸의 세 배는
될 만큼 크고 널찍했으나 이런저런 꾸밈의 흔적 없이
적적하고 황량했다. 나는 찬이의 칸 앞에서도 흘리지 않은
눈물을 엉뚱하게도 마광수의 유골함 앞에서 쏟았다. 동행한

이들에게 눈물을 감춘답시고 딴에는 고개를 옆으로 기울여
조용히 울었는데, 나중에 거울을 보니 안경에 눈물자국이
다 튀어 있었다.

　서울로 돌아가는 길에 운전대를 잡은 영이 물었다.
하루만 찬이와 시간을 보낼 수 있으면 뭘 할 거야? 나는
찬이한테 맛있는 밥을 얻어먹겠다고 대답했다. 바로
전날 사고가 나는 바람에 무기한 미루어진 찬이와의
밥 약속을 거하게 치르겠다고. 그리고 찬이가 긴 잠을
자는 사이 매끄럽게 새로 포장된 학교 근처 언덕길을
따라 나란히 올라가고 싶다고 말했다. 우리가 사는 낡고
좁은 가족생활동으로. 각자의 저녁거리 냄새가 문틈으로
풍겨오고, 텔레비전이나 통화 소리는 물론 혼자 흥얼거리는
노랫소리나 숨죽인 울음소리마저도 숨길 수 없는 각자의
낡고 나란한 집으로.

제자리, 제 자리

턴투에이블의 첫 설명회에 갔던 일을 가끔 생각한다. 2014년
11월, 동아리는 다섯 명의 장애학생들이 모여 막 설립된
참이었다. 설명회에 찾아온 너덧 명의 사람들을 보고 초대
회장 찬이는 다소 실망한 눈치였다. 그는 백 명이 넘는
지원자가 구름처럼 몰려올 것을 기대했다고 말하여 그
자리에 있는 모두를 웃겼다.

지금 생각해보니 그 말은 얼마쯤 진심이었던 것 같다.
동아리를 만든 후 찬이는 정말로 백 명이라도 있는 것처럼
폭발적으로 판을 벌였기 때문이다. 그에게는 제 목 가눌
힘조차 없었지만 손 하나 까딱하지 않고도 주변 사람들을
저절로 일하게 만드는 능력이 있었다. 그가 앞장서서
꼬물꼬물 판을 꾸려놓으면 우리는 툴툴대며 모였고 그는
우리가 함께 있는 것을 무척 즐거워했다.

찬이가 턴투에이블을 만들어준 덕분에 나는 소중한
한 무리의 사람들을 갖게 되었다. 하지만 이따금씩은
동아리 일이 지겹게 느껴진다. 시간은 시간대로 들고,
어디서 돈이 나오는 것도 아니고, 장애인권은 여러 면에서
골치깨나 아픈 주제이기 때문이다. 비교적 배리어프리한
캠퍼스라고 알려진 학교임에도 장애학생들에게 이곳은
아직까지 까다로운 공간이다. 여전히 강의 자료에 접근하는
데 충분한 지원을 받지 못해 쩔쩔매고, 자유롭게 이동할
수 없어 발 묶이는 일이 곳곳에서 일어난다. 그렇지만

장애학생들의 권리를 주장하고 구체적인 개선을 요청할
때 우리는 각오해야 한다. 사람들의 얼굴에서 선의와
호감이 걷히는 순간을. 난처한 표정과 짜증스러운 목소리,
냉소적인 태도가 마음에 오래 남는 것을.

　　무심하고 냉담한 사람들 앞에서 어깨와 가슴을 펴고
권리를 주장하는 것이 나는 아직 어렵다. 목소리가 떨리지
않도록 배에 힘을 주고 설득의 말을 꺼내야 하는 날이면
기진맥진하여 베개에 얼굴을 박고야 만다. 그럴 때 별 수
없이 찬이를 떠올린다. 그에게도 이 모든 것이 쉽지 않은
일이었을까 궁금해한다. 설명회를 위해 준비한 백 사람
몫의 의자들을 보며 찬이는 무슨 생각을 했을까. 난방이 잘
되지 않던 강의실이 그날따라 너무 썰렁하고 허전하지는
않았을까. 장애인권에 관한 말을 꺼낼라치면 무심하게 그를
지나쳐가던 사람들의 얼굴에서 찬이는 무엇을 보았을까.
찬이는 무엇을 위해서 장애인권동아리를 만들었고 왜
그렇게 열심히 일했을까.

　　그러나 찬이는 지금 아주 긴 잠을 자고 있고 아무런
대답도 들려주지 않는다. 어찌나 멀고 깊은 곳에 있는지
어떤 말도 그에게 닿지 않는 것만 같다. 그가 없는 지난
한 해 동안 우리는 잘 지냈다. 새 사람을 모으고, 세미나를
하고, 홍보 부스를 열고, 소풍을 가고, 우리가 접근할 수
없는 학내의 여러 자리들을 알리는 '곰인형을 부탁해'
프로젝트를 진행하고, 어느덧 이렇게 다섯 번째 문집도
내놓고 있다. 매주 월요일 써온 글을 가지고 모여 서너

시간씩 합평을 하면서 나는 동아리가 뭐라고 우리를 이렇게
모이게 할까 생각했다. 그러다 어느 순간에 이런 대답을
갖게 됐다. 턴투에이블은 모든 이들에게 각자의 자리를
찾아주고 싶은 사람들의 모임이라고. 나아가는 듯 나아가지
않는 듯 제자리걸음인 우리지만, 서로에게만큼은 기꺼이
시간과 공간이 되어주기로 약속한 것이라고.

　　대체로 찬이의 부재를 잊고 산다. 하지만
턴투에이블에서 내가 보내는 시간이 행복할 때면 우리가
가진 어떤 빈자리를 느낀다. 그러면 어떤 시간들이 못내
그리워지고, 우리가 여기 모여 서로를 위해 썼던 마음이
얼마나 값졌는지를 아무한테나 대고 떠들고 싶어진다.
그래서 썼다. 지금 우리가 있는 곳에 대해. 서로에게 내어준
시간과 공간에 대해. 맨 처음 우리가 어떻게 한자리에
모이게 되었는지에 대해. 꾸려놓은 자리와 비워둔 자리에
대해. 그리운 사람에 대해.

———

2017년 9월, 턴투에이블 5호 문집 《제자리, 제 자리》에 실은 여는 글.
동아리를 만들고 이끌었던 찬이를 기억하며, 그의 긴 잠이 끝나기를
기다리며 썼다.

———

5장

연인들은
바닥없는 호수에서
헤엄친다

우를 떠난 이래로 줄곧 해온 일이 있다면 공연을 하는
것이다. 작가로, 조연출로, 드라마터그로, 안무가로,
비평가로, 출연자로 쉼 없이 무대와 객석 안팎을
오간 지도 수년이 되었다. 이름 옆에 달린 크레딧이
들쭉날쭉하다 보니 이런 질문을 받는 일도 그리 드물지는
않다. 그러니까…… 뭐 하시는 분이라고요? 그러면 나는
멋쩍어하며 그냥 글을 쓰고 공연을 한다고 말한다.

솔직히 말하면 그간 글을 쓰는 일보다 공연을 만드는
일에 훨씬 더 많은 시간과 마음을 쏟았다. 공연 일정에 쫓겨
쓰기는 늘 뒷전이었고, 밭은 마감에 허덕여가며 쓴 글들도
대개는 공연에 관한 글들이었다. 내가 왜 이 가냘픈 작은
세계, 한순간 지어졌다 흩어지기를 반복하는 세계에 번번이
마음을 두었는지는 알 수 없다. 언제나 사라진 세계에
대해서 생각하는 삶, 어떤 세계가 한때 있었음을 영영
믿지도 잊지도 못하며 살아가는 삶을 공연자의 삶이라고
말해본다면, 공연을 만드는 일이란 어쩌면 내가 우와
있었던 시간을 다루는 방식과 무관하지 않을지도 모르겠다.

나를 본격적으로 공연자로 살게 한 작품은
2017년에 초연된 무용 작품 〈연인들은 바닥없는 호수에서
헤엄친다〉(이하 〈연인들〉)이다. 처음으로 돈을 받고 한
공연이라는 점에서도, 그 뒤로 공연예술의 언저리에서

이런저런 작업을 이어갔다는 점에서도, 그 모든 이후의
공연 경험을 〈연인들〉의 경험과 견주어보게 된다는
점에서도 그렇다.

　그전에도 공연 만들기에 유달리 열심이기는 했다.
대학생활의 절반을 극회에서 연극을 하며 보냈고,
장애인과 비장애인이 함께 공연을 만드는 극단인
'장애문화예술연구소 짓'에서 활동하기 위해 휴학을 하기도
했었다. 우를 처음 만난 것도 공연을 하면서였다. 우리는
극회의 정기공연에서 만나 나란히 짓에 합류하면서 연인이
되었던 것이다. 그러나 〈연인들〉은 분명 내게 중요한
분기점이었다. 그 작품을 기점으로 나는 공연하며 사는
삶을 확고하게 원하게 되었기 때문이다. 〈연인들〉을 공연한
이후 나는 막연하게나마 앞으로의 내 삶을 극장과 결부된
형태로 바라고 그리기 시작했다.

　한편 꿈이 생겼다는 것은 나를 이전보다 불행하게
만들었다. 지금까지의 내 삶과 일상이 근본적으로 위태롭고
불만족스럽게 느껴졌던 것이다. 다른 많은 영역이 그러하듯
공연예술 역시 유구하게 자유롭고 독립적인 비장애신체의
전유물이었으므로. 공연하는 삶은 유동적이고 비효율적인
스케줄을 감당할 수 있는 시간을, 공연이 적자가 나도
생계를 유지하고 다음 작업으로 넘어갈 수 있는 경제력을,
밀도 높은 연습과 실연을 해낼 수 있을 만큼의 튼튼하고
맷집 있는 몸과 마음을 필요로 했다. 그러니까 공연은
내게 강력한 헌신을 요구했다. 우에게 지금껏 바쳐 온

것만큼이나 광범위하고도 집중도 높은, 누군가를 이미
돌보고 있는 몸으로는 도저히 병행할 수는 없는 헌신을.

　　작품을 함께하자고 제안한 '프로젝트 이인(라시내,
최기섭)'은 내가 2016년에 턴투에이블 문집에 쓴 글 〈종말의
연인〉을 읽고 나에게 흥미를 느꼈다고 했다. 사랑에 관한
공연을 만들고 싶다고 자신들을 소개한 그들은 처음
만난 자리에서 내게 무용 공연을 하거나 춤을 배운 적이
있느냐고 물었다. 그때까지 극회에서 배우로 이런저런
무대에 서보기는 했어도 연극이 아닌 무대에 서본 적은
없었다. 춤에 대한 동경으로 발레 클래스에 가보거나
현대무용 학원에 등록한 적이 없지는 않았지만, 유연하고
우아한 몸들 속에서 허우적대는 스스로가 부끄러워 얼마 못
가 그만두었다. 그것은 역설적이게도 내가 무용수로 섭외된
주요한 이유 중 하나다. 무용 정규 교육을 받아본 적 없는
'보통의 몸'을 가졌다는 것.

　　막상 연습에 돌입하니 그 '보통의 몸'은 작업의
명이기도 했고 암이기도 했다. 무용을 배우지 않은 몸이
만들어내는 거칠고 예측불가능한 몸짓, 숙련되지 않은
몸이 자신의 춤과 불화하면서 빚는 마찰, 감추어지지 않고
발산되는 아마추어적 열의, 안무가 내 몸을 통해 하고자
했던 것과 내 몸이 실제로 해내는 것 사이의 격차는 분명
이 공연을 흥미롭고 볼 만한 것으로 만들었다. 동시에
이인의 안무가들은 은빈이라는 미지의 몸을 의도대로
움직이도록 하는 데 매일 골머리를 앓았다. 내 몸은 전문

무용수와 달리 선명하고 깨끗하게 움직이지도, 일정한
몸짓을 같은 퀄리티로 반복하지도, 피드백의 입력값을
동일하게 산출하지도, 조금 전에 직접 해낸 근사한 순간을
복기해내지도 못했다.

　그럼에도 나는 〈연인들〉이 열어주는 낯선 지대에
나날이 마음을 빼앗겼다. 이 공연의 감촉은 지금껏 내가
만져본 연극들과는 달랐다. 그때까지 내가 경험한 연극
무대에서 몸이란 주로 말을 생산하고 조달하는 매체였다.
극회에서 이루어지는 훈련의 주요한 목적은 대개 더 잘
말하는 데 있었다. 극회 사람들은 매일 함께 모여 발성과
발음을 연습했으며 더 탄탄하고 큰 소리를 내기 위해
열띠게 코어 운동을 했다. 대본의 구조와 서사, 캐릭터의
대사를 정확하고 구체적으로 분석하는 것, 상황과 감정에
적절한 대사를 전달력 있게 구사하는 것이야말로 무대에
서는 사람이 마땅히 해야 할 일이었다. 물론 행위나 움직임
같은 비언어적인 요소들이 중요하지 않은 것은 아니었지만
그것들 역시 결국 서사와 대사를 관객에게 더 잘 설득하기
위한 기능적인 영역에, 말하자면 언어적인 것을 보완하는
부차적인 지위에 있었다. 그때까지 내게 무대란 배우,
그러니까 말하는 사람의 장소였다. 공연이란 이야기,
그러니까 발화되는 텍스트의 공간이었다.

　한편 〈연인들〉의 무대에서 나는 말이 아니라 몸으로
있었다. 몸은 말하는 기관이 아니었으므로 무엇도 말로 할
필요가 없었다. 그 어떤 말도 없이 몸으로만 존재한다는

것은 훨씬 더 난처하고 위험천만한 일로 느껴졌다.
팔다리를 어떻게 가누어야 할지 알 수 없는 순간마다 전문
무용수들이 거치는 엄격하고 강도 높은 훈련이 무엇을
위한 것인지 피부로 여실히 와닿았다. 게다가 이 공연이
지향하는 춤은 내가 아는 춤과도, 사람들이 생각하는
일반적인 무용과도 달랐다. 이인이 제안하고 탐구하는
'태스크'들은 아름답고 극적인 포즈의 연쇄를 만들어내는
데나 테크닉의 숙지를 통해 높은 기량의 기예를 선보이는
데엔 관심이 없었다. 이들이 붙잡으려는 춤은 서사나
구조, 의미와 언어의 체계 바깥에, 심지어는 음악과도
무관한 곳에 있었다. 춤은 하나하나의 이어지는 동작이
아니라 그 동작 사이사이에서 붙잡히지 않고 사라져버리는
몸짓이었다.
  매번 장면의 이유를 묻고 움직임에 대한 설명을 청하는
내게 시내는 대답하곤 했다. 여기엔 아무런 의미도 없어.
처음에는 거기에 정말로 아무런 의미가 없는지, 그렇다면
이 짓을 왜 해야 하는지, 의미가 없다면 무엇을 기준으로
취하고 버릴 것을 가려내는지 알 수 없어 혼란스러웠다.
그러나 연습을 거듭하면서 나는 시내의 말대로 애초에
정해진 의도나 의미를 전하는 것이 이 공연의 목적이
아님을 깨달아갔다. 몸짓들은 해독되어야 할 뜻을 품거나
텍스트를 조달하기 위한 기호가 될 필요가 없었다.
무용수는 무대 위에 가상의 세계를 옮겨오거나 예술가의
내면을 표현하기 위해 애쓰지 않아도 되었다. 몸과 춤이

다른 무엇을 위해 있을 필요가 없다는 뜻이었다. '여기에 아무 의미가 없다'는 것은 말하자면 이런 명이었다. 무엇으로도 해석되지 않는, 그저 몸일 것. 무엇에도 복무하지 않는, 그저 춤일 것.

그간 말과 글의 비중이 압도적으로 높은 세계, 의미와 언어로 이루어진 세계에 살았던 내게 이것은 한 번도 해본 적 없는 일이었다. 나는 막 몸을 가지게 된 것처럼 스스로를 생경해하며 매일 다르게 걷고 달리고 굴렀다. 이 공연의 안무가이면서 동시에 무용수로서 함께 무대에 섰던 기섭은 들쭉날쭉 일관성 없이 튀어나오는 나의 움직임에 대해 이렇게 말하기도 했다. 은빈은 고장 난 컴퓨터 같아. 어떤 날에는 무섭도록 피드백이 정확하고 어떤 날에는 갑자기 예고 없이 리셋돼. 나는 어떤 순간에 연습이 순항하고 어떤 순간에 시내와 기섭의 표정이 심란해지는지 종잡을 수 없었다. 그래도 나는 부지런히 연습실에 나가서 요란하게 덜컹거리는 일이 좋았다. 오래도록 전원을 켜지 않아 몰랐지만 알고 보니 출력값이 지나치게 큰 것으로 판명난 구식 기계처럼, 내 몸은 생각보다 더 거칠고 힘찼다.

✦

연습실에서 우리가 전혀 말하지 않은 것은 아니다. 연습 시간이 다 가도록 내내 이야기만 나눈 날들도 있다. 시내와 기섭은 나와 우에 대해, 우리의 관계에 대해 자주 물었다. 나의 일상과 상황에 대해 어느 정도 알게 된 뒤에도 우와의

관계가 내게 어떤 느낌을 주는지 매번 다른 방식으로 다시
질문했다. 그들과 대화하면서 나는 매일 다른 대답을 했다.
어떤 날엔 끝없이 쌓이는 빨래를 끊임없이 개키는 느낌에
내 생활을 비유하기도 했고, 또 어떤 날엔 여태껏 마음 어느
구석을 집요하게 굴러다니며 여린 부분을 해치고 있었던
조각들을 주워올리기도 했다. 내 안에 있는지도 몰랐던
그런 조각들이었다. 가령 귀가한 우를 휠체어에서 옮겨
앉히기 위해 매일 되풀이해야 하는 가장 작은 일, 그러니까
좁은 현관에서 자리를 확보하기 위해 잠시 우의 운동화를
세탁기 위에 올려두는 아주 하찮고 가벼운 일마저도
때로 얼마나 힘에 부치는지, 그 한 켤레의 신발이 얼마나
천근만근 무겁게 느껴지는지 같은 것들을 나는 말하면서
비로소 처음 깨달았다.

　　판판하고 매끄러운 연습실의 댄스플로어 위에서
움직이노라면, 작고 가는 우의 몸이 아니라 크고 다부진
기섭의 몸과 부딪히고 포개지노라면 나 자신도 말로 설명할
수 없거나 심지어는 인지조차 하지 못했던 순간들이
도르르 굴러나왔다. 그러면 지금껏 꾸려왔던 삶이 이전과는
사뭇 다르게 감지되었다. 나는 바닥과 밀접하게 접촉하며
움직이는 그라운드 무브먼트를 유독 좋아했는데, 몸의 많은
면적이 단단한 바닥과 닿아 있을 때면, 댄스플로어 위를
끝없이 밟고 접촉하고 기고 굴러다니고 있을 때면 더없이
큰 편안함과 안정감을 느꼈기 때문이었다. 돌아보니 내가
바닥에서 느낀 그런 안도감은 사실 일상에서 언제나 느끼고

있었으나 무뎌진 지 오래였던, 발이 바닥에서 떠다니는
것만 같은 무한한 부유감의 다른 면이었다. 그즈음 내
삶을 종종 바닥에 비유하던 것도 일상적으로 안고 살았던
불안감과 무관하지 않았던 것 같다. 어떤 날에 나는 마음이
거칠고 위험한 바닥 같다고, 평소에는 그냥 얇은 깔개 한 장
깔아두고 지내지만 실상 들춰보면 부서지고 산산조각으로
깨어진 바닥인 것만 같다고 털어놓았다. 또 어떤 날에는
우와 나의 생활을 바닥없는 호수에서 끝없이 헤엄치는
연인들에 빗대었다.

처음 연습실에서 내 삶의 형태에 대해서 설명했을 때
시내의 얼굴이 연민과 분노로 굳어가던 것이 기억난다.
그것은 곤혹스럽기도 하고 위안이 되기도 했다. 시내가
그랬던 것처럼, 주변의 몇몇 친구들은 내 여의치 않은
상황에 관해 기꺼이 안타까워하고 화를 냈다. 내가 언제나
임시적인 거처와 지위에서 머무르고 있다는 것, 우의
집에서 온전한 우의 가족구성원도 노동자도 아닌 애매한
객식구로 지내는 것, 그 삶이 일상은 물론 욕망과 상상력,
가능성까지도 근본적으로 제한한다는 것에 대해 친구들은
부당하게 여겨주었다. 그들은 늘 내가 괜찮은지 먼저
살펴주었고, 여러 다른 이들의 사정일랑 아랑곳없이 오로지
내 편만을, 내 역성만을 들어주었다. 그런 친구들이 있어서
종종 속얘기를 털어놓을 수 있었다.

한편으로 나는 항상 겁에 질려 있기도 했다. 내가
항상 같은 자리에 있다는 사실 때문에 그들에게 비난을

들을까 봐, 그곳에서 벗어나라고 회유하거나 설득하는
말을 마주할까 봐, 그들이 움직이지 않는 내게 실망하거나
나와 있는 것을 점점 더 버거워할까 봐 무서웠다. 변화를
보이지 않으면, 더 나은 삶으로 건너가지 않으면, 더
현명하고 합리적인 방향을 찾아 스스로를 보호할 수
있는 쪽으로 자리를 옮기지 않으면 그나마 지금 나를
이해해주는 몇 안 되는 이들마저 곁을 떠날 것만 같았다.
그러나 상황은 좀처럼 달라지거나 나아질 기미가 보이지
않았다. 오히려 소리 없이 점점 나빠지는 것처럼, 아주
미묘한 각도로 비스듬히 틀어지기 시작한 내리막길에
접어든 것처럼 느껴졌다. 나는 친구들을 만날 때마다
객식구 생활이 얼마나 기묘하고 우스운지 짐짓 광대처럼
떠벌리기 시작했다. 아니면 조만간 우의 가족과 분리되거나
우와 함께 독립하게 되리라는, 현실적이라기보다는 그저
희망사항에 가까운 이야기를 곧 일어날 사실인 것처럼
힘주어 말하곤 했다. 그들의 걱정을 무마하고 내 이야기를
에두르는 데 갖은 애를 쓰고는, 마음을 잠식해오는
부끄러움과 설움을 어떻게 다루어야 할지 몰라 한동안 사람
만날 일을 피해 다녔다.
　　하지만 〈연인들〉을 연습하는 동안에는 그런 애씀도
잠시 내려놓았다. 마음과 상황을 말로 정연하게 정리할
수 없어 이는 혼란, 가족과 친구에게 거짓말을 일삼으며
유지하는 일상에 대한 불안, 겉과 속이 똑같아야 할 것만
같은 강박, 모순되고 불일치하는 스스로를 향한 미움에

대해 아무렇게나 나오는 대로 말했다. 어차피 작품 속에서
그 어떤 말로도 남지 않을 테니 삶에 관해 어떻게 말하건,
어제와 다른 말을 하건, 틀린 말을 하건, 고친 말을 하건
아무 일도 일어나지 않을 것 같았다.

　연습과 연습 사이 쉬는 시간과 밥을 먹고 커피를 마시는
시간에 나는 가족에게도, 우의 가족에게도, 우에게도
말할 수 없는 나에 관한 사실들을 누설하기 시작했다. 우
없이 혼자 가본 당일치기 강릉 여행이 얼마나 좋았는지.
좋았다는 사실이 얼마나 많이 두려웠는지. 그래서 얼마나
빨리 잊어버리고 싶었는지. 우와 있다는 것만으로 세상이
얼마나 많은 모욕을 주는지. 이 삶을 지속하는 것을 얼마나
보란 듯이 해내버리고 싶은지. 사실은 얼마나 많은 것을
바라고 또 원하는지. 재능이 있고 또 해낼 수 있는지. 하지만
내 삶의 바깥을 원한다는 것이 스스로에게조차 얼마나 큰
비밀이고 금기인지. 그럼에도 자유롭기를, 야심차기를, 나
자신이기를 어쩜 단 한 번도 원하지 않은 적이 없었는지.
연습실에서 꺼내는 문장들의 주어는 자주 '우는'이 아니라
'나는'이 되었다.

　그런 대화들은 우리 사이에 소리 없이 스며 있다가
구체적인 태스크, 과제, 장면으로 다시 태어났다. 내가
유출한 비밀들과 조금도 닮아 있지 않은, 추상적이고도
목적이 없어 보이는 움직임이었다. 피드백과 코멘트 또한
대부분 기술적이고 중립적인 것들이어서 나는 조금 전에
그들에게 털어놓은 이야기들을, 거기 묻은 끈적하고도

찝찝한 감정들을 잊고 산뜻한 기분으로 연습에 집중할
수 있었다. 기섭과 나의 몸 사이사이에 있는 빈 공간을
탐색하는 몸짓에, 손바닥을 맞댄 채로 두 몸이 가볼 수 있는
무궁무진한 길들에, 눈짓이나 대화를 나누지 않고도 의지와
방향을 알아채고 몸의 뜻을 '듣는' 일에 몰두했다.

작업 과정에 대해 우에게 열변을 토할 때면
우는 이 연습의 매력과 재미에 대해 궁금해하면서도
아리송해했다. 촬영된 움직임 장면을 보아도 그것에 대해
무엇을 말해주어야 할지 모르겠다고 했다. 나 역시 내가
연습실에서 정확히 무엇을 하고 있는지, 이것이 구체적으로
어떤 종류의 공연인지 말로 옮기기 어려웠다. 작업에 대한
대화는 자주 피상적인 것이 되었다.

그래도 우는 이 미지의 작업에 푹 빠진 나를 자주
연습실 앞까지 데려다주었다. 높다란 계단이 있어 우는
들어올 엄두도 낼 수 없는 연습실이었다. 그곳에서 저녁
무렵에 시작된 연습은 자주 자정을 넘긴 시각에 끝났다.
내가 캄캄한 지하 연습실에서 비지땀을 흘리는 동안 우는
혼자 있었다. 나는 우와의 시간에 대한 공연을 만든다면서,
의미도 없고 말도 아니며 재현도 표현도 아닌 움직임을
만드는 데 온통 정신을 빼앗겼다. 그러는 동안 기숙사로
올라가는 마을버스의 막차 시간도, 가족생활동의 방에서
우가 혼자 나를 기다리고 있다는 사실도 잊어버렸다.

잠수부 애인

내가 불안해할 때 우는 나를 데리고 수영장에 갔다. 수영은
몸으로 하는 활동 중에서 우가 나보다 잘할 수 있는 유일한
것이었다. 멀쩡히 발을 딛고 있는데도 나는 빠져 죽을 것
같았다. 숨을 잘 쉬고 있으면 발이 가라앉았고 발차기가
잘 될 때는 코에 물이 들어갔다. 우는 한 번에 하나씩만
가르쳤다. 일단은 발이 닿는 깊이에서부터 시작해야 한다고
했다. 내가 고개를 물에 처박고 버둥거리는 동안 우는 내
몸짓을 보려고 오래오래 잠수했다. 내 발은 바닥에 닿고
우의 발은 바닥에 닿지 않았다.

프로젝트 이인의 안무가 라시내와 최기섭은 내 몸이
아니라 내 글을 먼저 보고 같이 작업할 것을 제안했다.
사랑에 관해서 이야기하고 싶다고 했다. 뭘 어떻게 할 수
있는지 아무것도 모르면서 그래 그러자고 대답했다. 우리는
9월부터 연습을 시작했다. 바닥을 굴러다니거나 팔을
휘적거리는 일이 잘 될 때도 있고 그렇지 않을 때도 있었다.
이것들이 사랑과 무슨 관계가 있지 싶을 때면 우리는
각자가 가진 사랑의 어떤 국면들에 대해서 이야기했다.
그런 순간들이 언젠가 구체적인 움직임으로 비집고
나오기를 기다렸다.

우리가 일관되게 탐색했던 주제가 있다면 서로 등이
붙어 있는 것들이다. 기쁨과 슬픔, 고통과 위로, 사랑과
죽음, 유서와 연서. 우리는 사랑과 등을 맞대고 있는 것들에

관해 말하고 싶었고 그런 이미지를 찾아내고 싶었다. 내가 무언가를 해낼 때까지 매번 인내심을 가지고 기다려준 시내와 기섭에게 고맙다. 나는 처음이라는 핑계에 숨어 매번 머뭇거리고 잘해내지 못했다. 갈피를 잡지 못하고 헤맨 시간들이 우리에게 많았지만, 막다른 길목에서 기어코 한 발 더 딛으려 했던 순간들이 이 작업을 밀고 나갔다고 생각한다.

공연을 준비하는 내내 우에게 끝없이 미안했다. 사랑이라는 주제로 작업을 한다면서 나는 우의 몸이 들어올 수 없는 장소에서 우와 할 수 없는 몸짓들에 골몰했다. 우는 이따금 우리가 춤추는 것을 오래오래 구경했다. 발이 닿지 않는 물속에서처럼 객석은 멀고 컴컴했다. 공연이 오르는 날이면 우와 내가 만난 지 사 년이 된다. 무대에서 나타나고 사라지는 움직임들이 우에게 보내는 편지가 되어주었으면 좋겠다. 귀엽고 가여운 내 사랑에게. 기섭과 연습한 왈츠를 처음 보여주던 날, 멀고 컴컴한 객석에 휠체어를 세워두고 소리 죽여 울던 그에게.

2017년 12월, 서울대학교 인문소극장에서 초연된 프로젝트 이인의 공연 〈연인들은 바닥없는 호수에서 헤엄친다〉 팸플릿에 수록된 글. 공연이 올라간 2017년 12월 9일은 우와 만난 지 사 년째 되는 날이었다.

✦

예상과는 사뭇 다른 관객들의 반응에 나는 다소 당황했다.
〈연인들〉이 서정적인 작품이라기보다는 추상적이고
미니멀한, 모호하고 다층적인 퍼포먼스라고 생각했기
때문이다. 그래서 관객들이 눈물을 흘리는 것에 대해,
로비에서 앞 다투어 감상을 나누어주는 것에 대해 영문을
모르고 쩔쩔맸다. 안무가들마저도 이와 같은 관객들의
반응은 예상하지 못했던 것 같다. 우리는 관객의 진심어린
축하를 받는 한편 몰래 기쁨과 의구심, 당혹감이 섞인
시선을 교환했다. 극장 앞을 떠날 줄 모르는 몇몇 이들을
배웅하느라 모두의 퇴근이 늦어졌으므로 우는 극장
바깥에서 나를 오래 기다려야만 했다. 나는 우에게
속삭였다. 이 사람들 지금 무슨 말을 하는 건지 모르겠어.
우리가 무엇을 했는지 모르겠어.
    객석에서 직접 보지 않았기 때문에 다 알 수는
없겠지만, 우리가 조각조각 오리고 배치한 움직임의
토막들은 무대 위에서 느슨히 이어진 일련의 선이 되어
관객 각자의 마음에 도착했던 것 같다. 〈연인들〉은
언어가 아닌 것으로 쓰인 비밀스러운 시처럼 여러 층위로
뻗어나가며 모두에게 다른 의미와 이미지로 읽히고
해석되었다. 관객들이 마음을 붙였다는 장면들은 제각기
달랐다. 목과 얼굴을 번갈아 쥐면서 스스로를 앞으로
끌었다가 뒤로 밀기를 거듭하는 '은빈 솔로', 동화적인
노래가 흐르는 가운데 서로의 몸에 밧줄을 동여맨 채

달리고 넘어지고 끌고 끌려다니는 '밧줄 장면', 어두워지는
무대에서 기섭과 꽉 끌어안고 오랫동안 바닥을 둥글게
구르는, 아름답지만 고통스러운 '안고 구르기 장면'…….
　무엇보다도 후반부에 배치되어 있는 '랜들러 댄스'를
많은 관객들이 사랑해주었다. 영화 〈사운드 오브 뮤직〉의
한 장면을 오마주한 그 왈츠는, 관객들이 알아보거나
이입할 만한 '춤'이랄 것이 거의 없는 이 공연에서 비교적
관객에게 친숙한 춤을 추는 유일한 장면이었다. 나는
그 얼마 없는 귀한 춤마저도 첫 공연에서 절반 넘게
날려버리고 만다. 무대 위에서 다음 장면을 위해 옷을
갈아입던 중 옷걸이에 원피스가 단단히 걸려버렸던 것이다.
조명은 무심히 바뀌어 무대는 이미 환해진 지 오래였고
조명 큐에 맞추어 재생된 왈츠 음악 역시 뒤돌아보지 않고
착실하게 흘러갔다. 팬티와 브래지어 차림의 나뿐만이
아니라 옷을 다 갈아입은 기섭까지 붙어 옷걸이에서
원피스를 떼어내려 애를 썼건만, 원피스를 그러쥔 옷걸이의
의지는 완강했다. 관객은 옷걸이와 실랑이하는 두 명의
당황한 무용수를 한동안 멀뚱멀뚱 지켜보았다.
　돌아보니 그런 흠은 공연에서 그다지 큰 결함으로
남지 않았던 것 같다. 어떤 이들은 옷걸이 덕에 〈연인들〉의
첫 공연이 그때 거기에 있었던 이들만 목격할 수 있었던
사건으로, 그때에만 잠시 열렸다 사라진 마법 같은
순간으로 남았다고 말해주었다. 그런 말들도 듣는 둥 마는
둥 하며 나는 깊이 낙담했다. 객석에서 우가 이걸 보고

있는데……. 이 춤은 이 공연에서 우에게 보여주고 싶었던
가장 예쁜 것인데……. 겨우 끄집어낸 원피스를 서둘러
입고 얼마 남지 않은 왈츠를 추는 동안 모든 것이 망했다는
생각이 들었고 애꿎은 옷걸이가 야속해 어쩔 줄을 몰랐다.
나는 이 공연의 가장 좋은 버전을, 가장 좋은 버전 중에서도
가장 고운 것을 우에게 꼭 선물하고 싶었다. 이 공연 안에
말로는 포착할 수도 설명할 수도 없는 우리 관계의 어떤
중요한 것들이 녹아 있다고 믿었다. 심지어 나는 공연
팸플릿에 "무대에서 나타나고 사라지는 움직임들이 우에게
보내는 편지가 되어주었으면 좋겠다"고 썼다.

　움직임이 편지가 되어주었으면 좋겠다니? 그런 생각을
했다는 사실이 지금은 낯설고 기이하게 느껴진다. 나는
왜 내게마저도 모호하고 난해한 그 공연을 우가 당연히
좋아해주어야 한다고 믿었을까? 당시에는 단 한 번도
그 믿음의 당위를 의심해본 적 없었다. 생각해보면 나의
그런 천진하고 무리한, 뻔뻔스러운 믿음은 전적으로 우가
만들어주었던 것 같다. 우는 내가 쓰고 그리고 만들어내는
것들을 볼 때마다 매번 전무후무한 명작이 탄생했다는 듯이
감탄하고 축하하고 공들여 비평해주었던 것이다. 그러나
타인의 도움이 없으면 연습실과 극장에 얼씬도 할 수
없었던 우가, 자신이 없는 곳에서 만들어진 연인의 춤에서,
그것도 키가 크고 잘 움직이는 사지를 가진 비장애인 남자
무용수와 추는 왈츠 속에서 우리의 사랑이 드러나보인다며
눈물 흘려야 하는 이유가 있었을까? 과연 그 춤을 얼마나

깨끗한 마음으로 좋아해줄 수 있었을까? 그런 생각을 하다 보면 창피하고 슬퍼진다.

놀랍게도 우는 기꺼이 그렇게 해주었다. 공연을 보는 동안 장면장면마다 마음 깊이 감응했으며 공연 전에도 후에도 진심으로 이 공연을 아껴주었다. 우가 있었던 휠체어석은 계단식으로 된 객석의 가장 뒷줄보다 더 뒤에 자리한, 그 무대에서 가장 먼 좌석이었다. 그 먼 자리는 전동휠체어를 탄 그가 무대에 접근할 수 있었던 최대치이자 내가 그를 데려올 수 있었던 가장 가까운 자리였다. 우는 그 컴컴하고 구석진 데 앉아 〈연인들〉을 깊이 사랑해주었다. 우는 이틀간 세 차례 올라간 〈연인들〉 초연을 모두 관람한 유일한 관객이었고, 할 수만 있다면 당장 기립이라도 할 태세로, 무대로부터 가장 먼 곳에서 가장 뜨겁고 우렁찬 박수를 보내준 관객이었다.

✦

〈연인들〉은 이듬해 가을 예술의전당 자유소극장에서 재공연되었다.

재공연을 준비하는 것은 생각보다 쉽지 않았다. 초연에서의 연습을 통해 잘 알게 되었다고 생각했던, 그래서 다른 대안이나 돌파구도 딱히 마련해두지 않았던 여러 장면들에서 뜻하지 않은 난항을 겪었다. 초연에서는 어렵지 않게 수행할 수 있었던 장면이 마땅한 이유도 없이 잘 굴러가지 않는가 하면, 어떤 장면은 반대로 지나치게 몸에 붙어버리는 바람에 그 어떤 긴장감도 새로움도 주지 못하는 낡은 것이 되어갔다. 연습은 자주 매너리즘에 빠졌다. 초연을 준비할 때도 시행착오는 잦았지만, 그때는 막히는 태스크를 폐기하고 다른 볼 만한 장면을 찾아나설 수 있는 시간적 여유가 있었다. 반면 재연의 연습에서 교착점을 돌파하거나 우회하려는 시도들은 작품을 의도하지 않은 지대로, 생각보다 더 멀고 외딴 곳으로 훌쩍 이동시켜버렸다.

결국 과거에 할 수 있었던 것을 다시 할 수 있게 되는 것, 잃어버린 움직임을 연습을 통해 되찾는 것만이 공연을 위한 가장 빠르고 효율적인 길로 밝혀졌다. 예전에는 있었지만 지금은 사라져버린 것을 좇아 남은 시간을 썼다. 되찾을 수 있기는커녕 그런 게 있었는지조차 모르겠다는 불안감과 조바심이 마음속에서 가열차게 팽창해갔다. 그에 반비례해 몸과 마음은 매일매일 쪼그라들었다. 나는 초연을 준비할 때의 즐거움도, 전문 무용수가 아닌 내가 이 공연에 섭외되었던 이유도, 우리가 애초에 이 공연에서 하려고 했던 것도 잊어버렸다. 그저 몸이고 그저 춤이기로 했었지만, 나는 어느 순간 몸도 춤도 잃어버렸다. 공연 날짜가 성큼성큼 다가올수록 나의 얼굴은 눈에 띄게 어두워졌다. 까닭 없이 울음을 터뜨리거나 애꿎은 우에게 별것 아닌 이유로 벌컥 화를 내는 날이 많아졌다.

공연 당일, 우와 나는 지하철역에서 뜻하지 않게 발이 묶인다. 장애인화장실을 이용하기 위해 자동문을

통과하던 도중 문의 오작동으로 동이가 문에 쾅 하고
끼어버렸던 것이다. 다행히 우는 다치지 않았지만 충돌은
퍽 강한 것이었던지 충격을 받아낸 동이의 발판이 심하게
덜거덕거렸다. 내가 밖에서 기다리는 동안 우는 역무실에서
피로해하는 역무원들과 오래 실랑이를 벌였다. 우가 번번이
새로운 사람에게 조금 전의 일을 다시 설명해야 할 때마다
마음이 새까맣게 타들어갔다. 콜타임인 다섯 시가 어느새
코앞으로 다가오고 있었다. 공연은 일곱 시였다.

나는 우를 역에 두고 홀로 개찰구를 통과했다. 가까스로
택시를 잡았지만 주말의 혼잡한 서초동 도로 위에서 차들은
엉금엉금 더디게만 움직였다. 좀처럼 가까워지지 않는
예술의전당을 하염없이 바라보며 손톱을 물어뜯었던가.
중간에 내려서 달리기 시작했던가. 달리는 내내 우를
미워했던가. 원망했던가. 간신히 극장에 도착했을 때는
여섯 시가 가까운 시각이었다. 나는 빳빳이 다려진 의상을
새파래진 얼굴로 허겁지겁 입었다. 나를 애타게 기다린
사람들의 얼굴을 볼 낯이 없어 몸 둘 바를 몰랐다. 아무리
몸을 풀어도 긴장한 근육들이 부드러워지지 않았고 아무리
물을 마셔도 입이 바짝바짝 말랐다.

그런 사정이야 알 바 아니라는 듯 시간은 정직하게 흘러
정시에 막이 올랐다. 무대를 굽어보는 객석의 얼굴들이
하나하나 지나치게 잘 보였다. 처음부터 집중이 되지
않았다는 뜻이다. 나는 굳은 얼굴로 장면들을 하나하나
건너갔다. 솔로 장면에서 바닥 움직임 시퀀스를 하며

고개를 획획 돌릴 때마다, 흔들리는 시야 속에서 천장 높은 곳에 매달린 조명이 떨어질 듯 진동했다. 1장이 다 지나가고 있는 힘을 바닥까지 닥닥 끌어 써야 하는 2장 '밧줄 장면'이 시작되었지만 달리기를 채 시작하기도 전부터 더럭 겁이 났다. 몇몇 순간 앞에서 나는 머뭇거렸고 그 순간마다 장면들이 힘을 받지 못하고 덜컥거렸다. 공연의 후반부에 이르러서 그 좋아하는 랜들러 댄스를 추면서도 굳어진 표정이 좀처럼 부드러워지지 않았다. 모든 것이 끝나고 홀로 남아 울 수 있는 시간이 오기만을 간절히 바랐다. 막을 내릴 시간은 영영 오지 않고 하염없이 뒷걸음질치는 것만 같았다.

사이사이로 우의 몸이 시야에 들어왔다. 자유소극장의 휠체어석은 초연의 극장과는 다르게 객석 맨 앞에 위치해 있었다. 가장 앞줄보다도 조금 더 튀어나와 있는 채로 자리한 동이의 커다란 바퀴와 발판이 보였고, 그 위에 놓인 우의 작은 두 다리가 보였다. 전동휠체어의 커다란 부피감 때문에 그렇지 않아도 무대에서나 객석에서나 시선을 빼앗기 마련인 우는 '빵떡이'를 앞으로 한껏 내밀고 있어 더더욱 특이하고 유난한 모습이었다. 빵떡이는 내가 안고 자곤 했던 애착인형으로, 분명 처음에는 라이언 캐릭터 인형이었으나 점점 라이언이라고 하기엔 지나치리만큼 비대하게 부풀어오르고 있었다. 빵떡이는 점점 관계망이 좁아지고 사람 만나는 일을 기피하던 그 무렵의 내가 오랫동안 마음을 쏟으며 애지중지한 사물이었다.

  우가 거기 있었다. 자신을 지하철역에 두고 간 연인을
응원하기 위해, 주변 시선은 아랑곳 않고 커다랗고 뚱뚱한
애착인형을 챙겨와서 보란 듯이 무릎 위에 얹어두고 있는
우가, 휠체어에 앉아 있을 때는 너무 거대하고 휠체어에서
내려오면 너무 조그만 저 사람이 내가 이 공연을 시작한
계기였고 이 춤을 추는 이유였다. 그러나 그 춤을 추기 위해
그간 얼마나 오래 저 몸을 혼자 두었던가. 우가 들어올 수
없는 지하 연습실에서 우의 몸이 조금도 개입할 수 없는
몸짓들에 얼마나 골몰했던가. 먼저 떠나버린 나를 따라
덜컹거리는 동이를 추스르며 홀로 예술의전당까지 오는
길이 얼마나 외로웠을까. 얼마나 미안했을까. 우는 잘못한
것 하나 없는데. 연인보다 공연이 더 중요한 이를 연인으로
둔 탓으로. 정작 그 연인은 지금 우가 아닌 다른 몸과 함께
왈츠를 추고, 그 몸을 틈도 없이 단단히 끌어안고는 바닥을
영원히 구른다.
  구른다. 어두워가는 무대 위를. 극장이 반기지 않는
몸이어서 겪어야 했던 기억들 근처를. 늦는 몸으로,
까다로운 몸으로, 여러 사람의 도움을 필요로 하는 몸으로
지나온 경험들 저변을. 하우스와 연락을 주고받는 어셔의
얼굴들, 그 위를 빠르게 오가는 난처한 낯빛과 곤란한 시선
사이를. 전동휠체어를 주차할 외진 구석을 찾아 헤매는
나의 몸과, 노골적으로 짜증을 내는 남자 어셔의 등에서
줄줄 흘러내리고 있는 우의 몸 어딘가를. 그렇게 어렵사리
앉은 객석에서 오도 가도 못하고 배앓이를 하던 시간 위를.

그래도 공연을 보았으니 운이 좋았다고, 극장 근처에도 못
간 적이 허다하지 않느냐고 위안을 건네던 무르고 무력한
말들 위를. 구르고, 구르고, 구른다. 무대가 완전히 어두워질
때까지. 모든 것이 캄캄해지고 난 뒤에도.

　나는 땀에 흠뻑 젖은 몸으로 로비로 나가 우를 맞았다.
우는 자랑스러운 얼굴로 내게 빵떡이를 건네주고는,
기섭보다도 훨씬 강한 힘으로 나를 꽉 끌어안고 한동안
놓지 않았다.

✦

　우에게 이런 시간을 주고 싶었던 것 같다. 가슴이 연신
바람 빠지는 소리를 내며 위아래로 세차게 덜컹거리는
시간을. 타는 듯 달아오른 얼굴 위로 땀방울이 흐르고
맵싸한 눈물과 뒤엉키는 시간을. 양발의 두 아치가 찢어질
듯 팽팽해지고 어지러움으로 의식이 흰죽처럼 묽어지는
시간을.

　그러니까 나는 우에게 근육을 주고 싶었다. 폐를.
심장을. 정강이와 허벅지를. 발목과 발을. 등과 팔뚝을.
뛰고, 밀고, 당기고, 뻗고, 춤추고, 구부리고, 길 수 있는
몸을. 자신의 한계치까지 있는 힘껏 달려가는 몸을. 자신이
쓸 수 있는 모든 힘을 방출하는 몸을. 치솟고, 폭발하고,
제풀에 나동그라지는 몸을.

　우의 몸에서 근육이 남아 있는 곳이라곤 손과 아래팔
정도다. 이제 그가 할 수 있는 동작이래봤자 힘껏 쥐는 것

정도다. 나를 놓지 않기 위해서 그는 그렇게 했다. 쥘 수 있는 모든 힘으로, 온 생을 다해 나를 꽉 쥐었다.

얼마나 절박하게 나를 그러쥐었던지. 그 손을 놓기가 얼마나 어려웠던지.

우는 무시무시한 악력으로 나의 어떤 부분을 영영 부러뜨렸다.

다시 붙지 않을 것이다.

포옹

지난겨울에는 꿈을 꿨다. 우의 잘린 팔다리가 모르는 골목
어귀에서 발견되는 꿈이었다. 꽁꽁 얼어붙은 팔다리를
누군가 곧게 펴놓았다. 잠에서 깨어 덜덜 떨리는 손으로
우의 팔을 만졌다. 그의 관절들은 이미 많이 굳어버려
팔꿈치를 아무리 펴려 해도 펴지지 않는다. 팔꿈치의
뼈마디를 매만지며 아무도 내게서 그를 빼앗아가지
말았으면 좋겠다고 생각했다.

그러나 언젠가는 그렇게 될 것이다. 우리는 서로를
잃어버릴 예정이었다.

무용수가 되기엔 너무 보통의 몸을 가졌다. 그 몸을
펼치거나 접으며 매일 무언가를 하고 있다. 움직이는 많은
순간에 내가 마음 깊이 의지하는 어떤 몸을 생각한다.
남들보다 취약하고 죽기 쉬운 몸. 휠체어에서는 너무
커지고 휠체어 밖에서는 너무 작아지는 몸. 고개 돌려 나를
돌아볼 수 없고 뼈마디가 끝까지 펴지지 않는, 내게만
그지없이 아름다울 뿐 세상의 눈에는 보통의 것이 아닌 몸.
그 몸을 언젠가 잃어버릴 것이라고 너무 많은 사람들이
내게 너무 많이 말한다.

물론 서로를 잃어버릴 예정이었다. 아름다운 순간들은
우리를 떠나갈 것이었고 불화와 모욕이 곳곳에 널려
있었으며 기어코 사랑에 실패하게 되어 있었다.

그렇지만 시월에는 꿈을 꿨다. 나의 슬픔이 외롭고

고단한 시간을 통과하여 너의 슬픔을 알아보는 꿈이었다.
우리는 빈약한 품을 벌려 서로의 몸을 포갰다. 펼쳐지지
않는 팔들이 아프고 정답게 나를 끌어안았다. 우리는
꿈속을 언제까지나 굴러다녔다. 삐걱삐걱 소리가 났고,
따뜻했다.

2018년 10월, 예술의전당 자유소극장에서 재연된 〈연인들은 바닥없는 호수에서 헤엄친다〉 팸플릿에 수록된 글.

6장

그 이야기의

배반자가

될 줄 모르고

어느 겨울에 우와 나는 눈 내린 언덕을 나란히 걸으며
어디까지가 오르막이고 어디부터가 내리막인지를 알아내고
싶어 했다.

　　우와 나는 그 길의 변곡점이 정확히 어디인지를
가늠하려고 멈춰섰다 되돌아갔다 하기를 반복했다. 평평한
것처럼 보여도 길의 각도는 아주 미묘하게 변화하고
있었기에 어느 순간엔가 우리는 이미 내리막을 걷고
있었다. 우리는 동이의 바퀴가 눈길에 미끄러지지 않도록
주의하며 자못 조심스럽게 언덕길을 걸어내려갔다. 눈이
그렇게 많이 왔던가? 그렇진 않았다. 동이의 바퀴는
튼튼했으며 제때 염화칼슘이 뿌려진 길은 그렇게까지
미끄럽지 않았다. 내리막의 시작점을 찾으려 한 일도
눈길을 최대한 천천히 걸어내려갔던 일도 결국은 발걸음을
늦춰서 같이 걷는 언덕길을 어떻게든 늘여보려는 어린
연인들의 빤하고 시시한 수작이었다.

　　우가 그랬던 것과 마찬가지로 나도 우와 헤어지고
나서 한동안은 똑같은 생각에 매달렸다. 어디서부터
잘못됐을까? 어느 날 문득 나는 그 찰나의 기억을 떠올리게
된다. 내리막의 시작점을 발로 더듬어 찾으려 했던 그
언덕길에서의 일과, 이미 내리막길에 접어들었다는 것을
깨닫고 나란히 웃었던 순간 따위를. 그 이미지는 우리가

지나온 관계의 어떤 양상을 빗대는 하나의 작은 복선처럼
여겨지기도 했다. 말하자면, 무엇도 시작되지 않은 것
같았던 시점에 이미 경사면은 시작되어 있었다는 그런
이야기로 이제는 넘어가야 하는 것일지도 모른다.

그러나 그런 진부한 수사적인 틀로 덮어씌우기엔
우리가 누린 즐거움이 아깝다. 사실 우와 있을 때에 나는
매일매일이 실로 천진하고 순정하게 즐거웠다. 그래서
내게도 무언가를 견딜 수 있는 한계치가 있으며 어느 순간
그 지점을 넘어서버렸다는 사실을 미처 알지 못했다.

이렇게 불명확하고 죽은 문장밖에 쓸 수가 없는 것은
도무지 기억이 나지 않기 때문이다. 우를 떠나고 나는 많은
것을 잊었다.

누군가 소중한 어떤 일을 잊었다고 한다면 나는 그
사람에게 그건 당신이 고통을 감당하느라 그런 것이라고
말해줄 것이다. 그가 무어라고 하건 간에 그 말을 억지로
그의 손에 쥐어주고 그러쥔 주먹을 풀지 못하게 감싸쥘
것이다. 그러나 내가 우와의 시간을 잊은 것에 대해서는
그렇게 말하기가 어렵다. 나는 내가 고통으로부터 달아나기
위해 손에 잡히는 기억마다 불사른 것을 또렷이 알고 있다.
그러는 동안 우와 함께한 가장 좋았던 기억들부터 하나둘
나를 떠나갔다.

✦

우를 만나는 내내 가족과 사이가 무척 나빴다.

다큐멘터리를 찍을 즈음 불화는 정점으로 치달았다. 우와 다큐멘터리를 찍고 있는 중이며 곧 지상파 방송으로 방영될 예정이라는 것을 알린 밤 수미는 새벽 내내 울었다. 서서도 울고 주저앉아서도 울고 팔다리에 힘이 다 빠져서 바닥에 널부러진 채로도 울었다. 수미가 하도 긴 시간 동안 온몸으로 처절하게, 기력을 다해 오열했으므로 나는 이러다가 수미의 숨이 꼴깍 넘어가는 것이 아닌가 싶었다. 커밍아웃을 하자 자식이 죽은 양 통곡했다는 어느 성소수자 친구의 엄마만큼 수미도 몹시 슬퍼했다.

그날 밤 우를 만난다는 사실이 가족에게 얼마나 비통하고 애간장이 녹아내리는 일인지 뼛속까지 알게 되었다. 가족에게 그것은 죽도록 울게 되는 일이었다. 내가 죽은 것처럼 울게 되는 일이었다. 어쩌면 그렇게 이기적일 수가 있느냐고 그들은 내게 말했다. 가족 생각은 안 하느냐고 말했다. 머리끄댕이를 잡아서라도, 다리몽둥이를 분질러서라도 우를 못 만나게 했어야 했다고 말했다.

사실 그 말들은 그들이 그간 몹시 쏟아내고 싶었지만 초인적인 노력으로 참아온 말들의 잔챙이나 실오라기에 불과했을 것이다. 나는 그들이 각고의 노력 끝에 그 말들을 끝까지 들려주지 않은 것을 고맙게 생각한다. 내게도 그런 말들이 있었다. 끝끝내 입 밖에 내지 않은 말들, 울분과 분노와 슬픔의 말들, 말이라기보다는 벌어진 틈의 끊어진 솔기, 혹은 녹아내리고 서로 들러붙어 반죽처럼 흐물흐물해진, 본래 그 안에 있었던 마음은 온데간데없고

하나같이 징그럽고 기괴한 모습으로 변해버린 거칠고
악취가 나는 감정들……. 나는 거실에서 이불을 뒤집어쓰고
수미의 울음소리를 들으며 내가 참은 말과 그들이 참은 말
사이의 아득한 거리를 생각했다. 돌처럼 딱딱해진 명치가
아무리 문질러도 풀어지지 않았다.

　다음 날 아침 나는 다급히 서울로 올라가 우를 만나러
간다. 공교롭게도 다큐멘터리 촬영이 막바지에 이르러가는
시점이다. 벤치에 앉은 내가 우를 붙들고 펑펑 우는 장면이
현장에 있던 카메라에 고스란히 담긴다.

　나는 그 영상을 편집해달라고 여러 차례 제작진에게
말했다. 그렇게 우는 모습을 사람들에게 보이고 싶지
않았다. 그런 장면을 담지 않는다는 전제가 우리가 이
다큐멘터리를 수락한 이유였다. 그러나 제작진의 생각은
달랐다. 그들은 내가 우는 장면이 서사적으로 반드시
필요하다고 생각했다. 그들은 걱정하지 않아도 된다고,
상처받을 일이 없도록 최선을 다해 편집하겠다고 설득했다.
친절하고 집요한 그 말들을 다 믿지는 않았으면서도……
그들은 우리의 이야기를 가장 가까이에서 고생스럽게
들여다본 이들이었다. 어떤 타인도 그토록 노동집약적으로
우리의 이야기를 들어준 적이 없었다. 그 다큐멘터리의
어디까지를 우리 몫이라고 주장할 수 있었을까? 나는 그
장면을 들어내는 일을 단념했다.

✦

다큐멘터리는 예정대로 지상파 방송을 탄다. 문제의 우는 장면은 호흡기를 차고 잠이 드는 우의 모습이 나오는 장면 다음 순서에 이어붙여진다. 느닷없이 얼굴이 붉게 얼룩덜룩해지고 퉁퉁해진 내가 등장하면 다음과 같은 내레이션이 흘러나온다.

성우 다음 날…… 눈이 많이…… 부었습니다……. 우를 만나자…… 아무렇지 않은 척…… 애씁니다…….

화면 속 내 얼굴에서 후두둑 눈물이 떨어진다. 안경을 벗고 손으로 쓱쓱 눈물을 훔친다. 우가 내 손을 만지며 이야기를 가만히 듣고 있다. 그때 나는 목포에서 가족과 있었던 일을 우에게 들려주는 중이다. 내레이션은 내가 하는 이야기를 가리며 엉뚱한 설명을 이어간다.

성우 얼마의 시간이…… 남아 있는 걸까요? ……절망적인 상상이…… 멈추지 않습니다…….

교양 있고 절제된 톤을 솜씨 있게 구사하는 그 목소리는 차분한 음색 위로 적절한 비통과 연민을 싣는 데 일가견이 있다. 낮게 가라앉은 목소리는 에코가 쨍쨍하게 들어간 노래방 마이크처럼 강력한 울림으로 그 장면을 몹시 숙연하게 만든다.

참고로 이 목소리의 주인은 나중에 알고 보니 성우
유튜버 쓰복만이다.

쓰복만 괜찮다고⋯⋯ 괜찮다고⋯⋯ 그는 인내심 있게
달랩니다⋯⋯.

우와 나는 그 숙연함이 예고하는 바를 잘 알고 있다.
그것은 분위기를 잡친다는 의미다. 사람들을 닥치게 하고
쩔쩔매게 한다는 말이다. 그들을 안심시키는 데 우리의
시간과 체력 그리고 마음의 힘을 쓰게 된다는 말이다.
에너지를 다 쓰고 곤죽이 된 둘만 덩그러니 남겨진다는
말이다.

나는 복잡한 마음으로 화면 속 우는 나를 바라본다.
나를 안아주는 우를 보며 생각한다. 너희는 그냥 웃긴
이야기를 하려고 해도 사람들의 얼굴에 떠오르는 난처함을
목격하게 될 거야. 사람들이 너희에게 엄지를 치켜세우고
박수갈채를 보내는 것을 보게 될 거야. 대단하다고, 보기
좋다고, 응원한다고 격려하는 말들을 엄청 많이 듣게 될
거야.

그러나 너희가 도움을 요청하면, 그들은 너희에게
장애에 대해 잘 몰라서, 당사자가 아니어서, 혹여 실수를
하거나 상처를 남길까 봐 두렵다고 말할 거야. 너희가
버스를 탈 수 없고 취업을 할 수 없고 계단을 오를 수 없고
살 집을 찾을 수 없고 출근을 할 수 없는 동안 그 사람들은

너희를 부드럽게 지나쳐갈 거야. 너희가 가지 못하는 바로
그 길을 무탈히 걸어 안전하게 자신의 삶으로 되돌아갈
거야. 너희는 그들의 뒷모습을 오래오래 바라보고만 있을
거야.

　모르지 않았다. 점점 더 기묘하게 고립되리라는 것을.
나를 가로막는 돌부리들이 무엇인지 제대로 바라보거나
설명할 수조차 없으리라는 것을. 내 손으로 내 팔자를 꼬고
있다는 것을. 세상 천지에 오로지 둘뿐인 것이 지겹도록
외로워서 자꾸만 기척을 내려 들 것이었다. 앞으로도
거듭해서 패배할 이야기, 가장 원하지 않는 바로 그
방식으로 오독될 이야기를 반복할 예정이었다. 다 알면서도
다른 방법이 없었다. 아무도 대신 해주지 않는 이야기를
해야만 했다. 그러지 않으면 살아갈 수가 없었다. 누구도
우리 대신 살아주지 않는 삶을 어떻게든 계속해서 살아야
했다.

　화면으로는 무구하고 연약한 몇 개의 장면들이 더
지나가고 있다. 우리는 이제 해질녘의 잔디밭에서 엉터리
춤을 추기 시작한다. 다신 포개지지 않을 약속들을 모르고.
그로부터 얼마 지나지 않아 내가 그 이야기의 배반자가 될
줄 모르고.

✦

　우와 내 이야기가 각종 인터넷 커뮤니티와 웹 신문
지면에 오른 것은 다큐멘터리가 방영되고 나서 두어 주

뒤의 일이다. 캡처된 우리의 얼굴과 요약 정리된 방송
줄거리가 복사해서 붙여넣은 것처럼 똑같은 내용의 가십성
기사나 게시물이 되어 일제히 뜨기 시작했다. 개중 어떤
것들은 포털 사이트 메인 게시판을 장식했고 심지어는
일간베스트와 디시인사이드에까지 우와 나의 얼굴이
돌아다녔다. 내용을 간추린 설명과 일련의 캡처 사진으로
읽는 다큐멘터리는 한층 더 전형적이고 신파적이었다.
우와 나의 얼굴 아래에 댓글들이 우후죽순 달렸다. 지상파
방송을 탔을 때보다 더 많은 사람들의 연락이 휴대폰으로
속속들이 도착했다.

　우리는 알지 못하는 사람에 의해 원치 않는 방식으로
편집되어 노출되고 싶지 않았다. 우리는 해당 기사를 쓴
기자에게 메일을 쓰고 신문사에 전화해 기사를 내려달라고
요청했다. 기사가 올라가는 것은 순식간이었지만 내리는
데는 하루가 넘게 걸렸다. 어제 올라온 기사가 다음 날
오전쯤 내려가기 무섭게 그날 오후 또 다른 신문사에서 같은
내용의 기사가 올라왔다. 그동안 우리는 또 다른 메일을
쓰거나 전화를 하고, 기사가 내려갔는지를 확인하면서 점점
늘어나는 댓글들을 읽었다. 하나를 내리면 같은 내용의
기사 두 개가 다른 신문사에서 떴다. 아무리 빨리 움직여도
기사가 업로드되는 속도를 따라잡을 수가 없었다.

　〈아침마당 토요노래자랑〉에서 전화가 왔다.
장애인-비장애인 커플로 출연하여 노래를 불러달라는
요청이었다. 〈스브스뉴스〉에서도 연락이 왔다. 장애인-

비장애인 연인으로 살아가는 일의 기쁨과 슬픔에 대해
취재하고 싶다고 했다. 이후로도 우리는 종종 모르는
번호로 오는 전화를 받게 된다. 피디와 작가들 사이에서
우리의 전화번호가 돈 모양이었다. 매번 거절했는데도,
방송이 나가고 한참의 시간이 지나고도, 우와 헤어지고 난
다음에도 그런 전화가 종종 걸려왔다.

　다큐멘터리 영상과 게시글의 댓글 중에는 차별의
말들과 악성 댓글들도 적지 않게 보였다. 법적 대응을
하기에는 충분치 않았지만 대수롭지 않다고 여기기엔
불현듯 마음 깊은 곳을 할퀴는, 압정처럼 또렷하고 야무진
악의였다. 미처 다 내리지 못한 기사의 댓글창을 한동안
읽었다. 오래전 연락이 끊긴 고등학교 동창의 엄마가
나를 대변하며 몇몇 댓글과 싸우고 있는 것을 물끄러미
바라보았다.

✦

　우리가 바라는 방식으로 보여지기를 시도한 것은
대단한 저항 행위였다기보다는 뭔가를 좀 피해보려는
마음이었다. 일상을 축축하게 적시는 안개 같은 모욕감을.
사랑을 지속하는 일에 스며드는 나쁜 냄새를. 어딜 가나
무례하고 노골적인 시선을 받는 일을. 애시당초 어디를 갈
수조차 없는 일을.

　차별의 말들이 직접 날아와 꽂히는 일은 드물었다는
것만으로 감사했어야 했을지도 모른다. 멸시와 혐오보다는

연민과 동정을 받았다는 사실에 감지덕지해야 했을지도
모른다. 쫓겨나는 일은 많지 않았다는 것에 안도하느라
어딘가엔 아예 들어가지조차 못하고 있다는 사실을
몰랐더라면 달랐을지도 모른다. 부러지지 않았을지도
모를 일이다. 사람들의 친절과 호의에 기대어 그 친절과
호의에 의해 가려지는 불평등을 눈 딱 감고 잊었더라면.
더러 찾아오는 반짝이는 기쁨과 즐거움을 더 쩨쩨하고
우악스럽게 붙들었더라면.

그랬던들 과연 매일의 곤욕과 모멸 속에서도
억척스럽게 행복할 수 있었을까. 늘 남들보다 더 일찍
출발하고 더 늦게 도착하더라도, 엘리베이터를, 턱이 없는
가게를, 가파른 비탈길이 아닌 경로를 찾아 익숙하게 먼
길을 빙빙 돌게 되더라도, 차를 타고 달리면 20분인 길을
세 시간 반 동안 걸어가야 하더라도, 경사가 심하고 바닥이
고르지 않은 길을 오가느라 동이가 매번 고장나더라도,
면전에서 사람들이 '장애인'이라는 말을 욕설로 쓰고
있는 것을 가만히 들어야 하더라도, 행인에게서 사탕이나
천 원짜리 지폐를 받더라도, 우리가 키스하는 모습을
누군가가 몰래 동영상으로 찍더라도, 문이라고는 자석 달린
가림막뿐인 장애인화장실에 불안에 떨며 들어가더라도,
변기까지 빨리 이동하지 못해 울컥 게워낸 토사물을
고스란히 온몸에 뒤집어쓰더라도…….

그 모든 이골이 나는 일들은 오래된 수도관에서
희미하게 풍기는 하수구 냄새 같았다. 그 냄새는 밥을 먹을

때도 잠을 잘 때도 차를 마실 때도 코끝을 맴돌았다. 매일 물을 끼얹고 락스를 붓고 솔질을 해도 사라지지 않았다.

우리는 집에서, 학교에서, 거리에서, 공공장소에서 항상 같은 내용의 집요하고 지속적인 메시지를 받았다. 세상에 너희를 허하는 자리 같은 것은 없으며 언제나 어디에서나 너희는 아무것도 아니라고. 우리는 그 말에 단련되어 있었고 동시에 지쳐 있었다. 그건 끝없이 받아치고 맞서야 하는 말, 이성을, 인내심을, 친밀함을 야금야금 쪼개고 파먹고 약탈해가는 말이었다. 이따금씩 우리는 그 말을 물끄러미 쳐다보았고 때로는 가만히 읽어보기도 했다. 세상에 우리를 허하는 자리는 없으며 우리는 언제건 어디에서건 아무것도 아니구나.

우는 별로 화를 내지도 않았다. 화를 내기에 그런 일은 너무 많았다. 우는 일일이 분노에 휩싸이거나 슬픔에 잠기는 나를 가여워했다. 우에게 일어난 부당한 일로 내가 모르는 사람에게 크게 화를 낸 어느 날 우는 일기장에 이렇게 적었다. "나를 지켜야 할 때 은빈은 핏불테리어로 변신하여 으르렁거린다." 그러나 시간이 갈수록 내가 용맹하게 변신하여 포효하는 빈도는 줄어들었다. 분연히 들고 일어나는 일은 단단하고 쪼개지지 않는 몸을 필요로 했다. 하지만 나는 점점 흘러내리고 뭉개졌다. 사리분별이 잘 되지 않았고 어디까지가 내 몫이고 내 삶인지, 어디까지가 감내해야 할 몫이고 개선해야 할 문제인지 분간이 되지 않았다.

처음 만난 사람에게 내가 누구이며 어디에 사는지에
대해 설명하는 것이 너무도 어려웠다. 한두 마디로
설명하기엔 앞뒤가 안 맞는 부분이 많았다. 죄다
설명하려면 지나치게 많은 말을 해야 했다. 나는 거짓말을
하기 시작했다. 적당히 그때그때 지어낸 내용을 누구에게
말했는지 기억이 나지 않아 사람들 앞에서 곤욕을 겪고
진땀을 뺐다. 사람들을 피하기 시작했다. 더 많이 설명하지
않아서, 혹은 너무 많이 설명해서 생겨나는 의뭉스러움과
오해를, 뒷이야기들을 내버려두었다.

우와 함께 있기 위한 선택을 내릴수록 더 많은 것들을
포기하고 버려야 했다. 우가 중심이 되지 않는 삶의 다른
바람들을 나 자신으로부터 감춰야 했다. 그렇지 않으면
몸과 마음에 쉽게 구멍이 났다. 나는 점차 무감하고 멍한
얼굴이 되어갔다. 구멍을 때우는 일엔 슬픔도 분노도
도움이 되지 않았다.

언젠가부터 나는 우에게 주어야 할 가장 귀하고 연약한
마음을 가져다 그 구멍을 막는 데 썼다. 우에게 앞으로
줄 사랑과 나 자신에 대한 최소한의 사랑까지도 모조리
당겨서 돌려막았다. 그러고 있다는 것을 우에게는 물론
스스로에게조차 비밀로 했다.

✦

어느 날인가부터 학교에 가는 게 어려워졌다. 강의실에
앉아 있을 엄두도 나지 않았고 아는 사람을 마주쳐도

인사할 용기가 나지 않았다. 집을 나섰다가 중도에 발길을
돌려 귀가하는 일이 잦아지자 제대로 학교에 다닐 수
없다고 결론을 내렸다. 그러나 휴학을 할 만한 납득할
수 있는 설명을 해내지 못했기 때문에 가족의 반응은
냉랭하기만 했다.

휴학계를 낸 뒤 줄곧 우의 집에 틀어박혀 지냈다.
우와 우의 가족을 제외하고는 거의 아무도 만나지 않았다.
앞으로 어떻게 살아가야 좋을지, 우와 함께 무엇을 하며
어떻게 살아갈 수 있는지 절실히 알고 싶었다. 한편 내가
우울하다는 사실도, 세상으로부터 고립되어가고 있다는
사실도 그리 잘은 알지 못했다.

그즈음 우의 어머니는 라면국밥을 자주 만들어주었다.
라면국밥은 라면 반 개에 잘게 자른 김치와 찬밥을 넣어
만드는 일종의 죽으로, 우네 식구들이 아플 때 주로
해먹는 음식이었다. 우리는 서로가 아프다는 것을 알고
있었을까? 그랬던 것 같기도 하고 아니었던 것 같기도 하다.
생각해보면 장애를 가진 우뿐만이 아니라 그 집에 살던
이들 모두가 언제나 조금씩 앓고 있었다. 우의 가족들은
각자의 생업이 주는 강도 높은 노동과 스트레스를 견디는
데 익숙했다. 그 집의 찬장에는 해열제, 소화제, 진통제 등
다종다양한 상비약이 언제나 대용량, 고용량으로 구비되어
있었다. 낫기 위해서가 아니라 버티기 위해, 아픈 와중에도
쉬지 않고 일하기 위해 먹는 약들이었다. 아픈 것은 우리의
일상이었고 한편으로는 그렇기 때문에 대수롭지 않은

것이기도 했다.

어머니와 라면국밥을 나누어 먹고 나면 나는 설거지를
했다. 그 무렵의 나는 설거지를 하는 것만이 세상에서 할 수
있는 유일한 일이라는 듯이 싱크대 앞에 버티고 섰다. 모든
식기를 애벌로 꼼꼼히 헹구고 나서 세제 거품을 충분히
내어 구석구석을 문지른 다음, 손을 데칠 작정이다 싶을
만큼 김이 펄펄 나는 물을 받아 그릇 하나하나를 힘주어
부셨다. 가끔은 설거지가 끝나가는 것이 아쉬워 한 번
씻은 그릇을 도로 꺼내 새로 씻곤 했다. 누가 보면 그릇을
씻는다기보다는 그릇이 없어져버리기를 바라는 게 아닌가
생각할 법한 고독하고 맹렬한 설거지였다.

설거지까지 마치면 우의 방으로 들어가 책상 앞에
놓인 작은 의자 위에서 멍하니 시간을 보냈다. 우네 집을
오밀조밀 채우고 있었던 가구며 기물 중 대부분은 주워온
것들이었다. 우의 어머니는 학기마다 가족생활동을 떠나는
대학원생 부부들이 버리는 물건들을 잘 봐두었다가 밤이
되면 알뜰살뜰 주워왔다. 우의 방 가장 구석진 곳에 있었던
둥근 등받이의 낮은 식탁의자도 언젠가 그렇게 가족생활동
쓰레기장에서 들여온 가구였다. 나는 자주 그 의자에 앉아
있었다. 우의 가족이 집에 있으면 벽을 사이에 두고 있어도
쉴 수 없었다. 아무도 내게 눕지 말라고 말한 적 없는데도
누가 집에 들어오면 나는 부스스 일어나 책상 앞 스탠드를
켰다. 그리고 어서 우가 돌아오기를, 하루가 저물기를, 잘
시간이 되어 죄책감을 느낄 필요 없이 안전한 이불 속으로

들어갈 수 있게 되기를 바랐다.

우가 아니면 거의 누구와도 이야기하지 않았다. 말을
하고 싶어도 안에 뻘이 가득 찬 꼬막처럼 입이 꾹 다물려
좀처럼 벌어지지가 않았다. 그 무렵 나는 항상 아주 시큼한
것을 깨문 양 시고 떫은 표정을 하고 있었다. 꽉 앙다문
위아래의 잇새로 그날이 그날 같은 텁텁한 시간이 뜨문뜨문
흘러갔다. 시간을 견디는 것이 괴롭고 지루할 때면 종종
빵떡이에게 말을 걸었다. 한때 내게 둘도 없는 친구가
되어주었던 그 인형은 어느 날부터인가 점점 냉담해지더니
갈수록 매몰차고 가혹한 대답만을 돌려주기 시작했다. 어느
날 나는 문득 이것이 실제의 대화가 아니라는 사실을 알고
흠칫 놀랐다. 내가 스스로에게 얼마나 심한 말을 하는지와
이 대화가 사실이 아니라는 것을 깨닫지 못했다는 사실
중에서 무엇을 더 먼저 알아차렸어야 했는지 모르겠다.

한낮에도 우리의 방은 어두웠다. 방문 밖으로 이따금
자동문이 열릴 때 나는 전자음과 우의 어머니가 현관을
출입하는 기척이 들려왔다. 오후 세 시에서 네 시 사이가
되면 한 조각의 햇빛이 커튼 사이를 비집고 침대 위로
비스듬하게 비쳐들었다. 학교의 부속유치원에서 하원하는
아이들의 목소리가 멀리서 지저귀는 새소리처럼 경쾌하고
명랑하게 들려왔다. 그 모든 것을 등지고 조그만 의자 위에
쪼그려 앉아 우가 집에 돌아오기를 기다렸다. 나는 내가 그
의자인 것만 같다고 느꼈다. 얼떨결에 떠밀려 와 이 집에
속하게 된, 끝없이 자신의 존재를 의심하고 서먹해하는

우연하고 무관한 사물 같다고 느꼈다. 나는 그곳에서 쉴 수
없었다. 그곳은 내 집이 아니었다.

✦

　낮에 집을 나서서 밤이 될 때까지 산보하기 시작했다.
한겨울이었다. 그 무렵의 나는 많은 것을 보는 동시에
잊었다. 오로지 방금 본 것을 잊기 위해서, 그것을
보며 한 생각을 떠밀고 지나치기 위해서 보았다. 어떤
날은 자주 가던 카페의 창가 자리에 오후 내내 앉아
창밖 과일가게에서 딸기나 오렌지를 고르는 사람들을
바라보았다. 테이블을 다 덮던 눈부신 햇빛은 점점 더
비스듬하게 기울다가 점차 넓어지는 그늘에게 자리를
내어주었다. 바람이 많이 부는지 과일가게에 걸린 비닐봉투
뭉치가 겹겹이 들춰지며 모빌처럼 느리게 회전했다.
빈손으로 가게에 들어간 사람들이 무언가를 사서는 주머니
속에 손을 넣고 손목에 건 봉지를 달랑달랑 흔들며 각자의
집으로 돌아갔다.
　또 어떤 날은 학교 캠퍼스 산꼭대기에 있는 공대
건물까지 걸어올라갔다. 한겨울의 캠퍼스 여기저기에는
들개를 잡기 위해 놓인 덫이 드문드문 놓여 있었다. 좁고
긴 직육면체의 철망 상자에는 말라붙은 참치캔이 들어
있었고 한쪽 문이 활짝 열려 있었다. 사람이 거의 다니지
않는 길이었고 어떤 운 나쁜 개가 거기 갇혀도 아무도
구해주러 올 것 같지 않았다. 내려오는 길에는 언덕 멀리서

쓰레기봉지를 뒤지는 떠돌이 들개들을 보았다. 먹을 것을
찾아 종종 학교까지 내려온다는 개들, 행인을 쫓아온다고도
하고 우리가 밥을 챙겨주는 길고양이들을 물어 죽인다고도
하는 그 개들이었다. 고작 철망 상자 따위에 붙들리지
않는 영민한 개들이 고개를 들어 나를 쳐다보았다. 우리는
서로를 노려보며 한동안 서 있었다.

또 어떤 날은 한 번도 가본 적 없던 집 근처의 산길을
찾아들어갔다. 산은 우와 함께 갈 수 없는 곳이었으므로
평소에는 출입할 생각도 해본 적 없었던, 거기 있다는
것조차 까맣게 잊어버렸던 길이었다. 산길이라기엔 다소
야트막하고 둘레길이라기엔 또 너무 비탈진 것 같은
애매한 경사의 나무계단들을 계속해서 올라갔다. 길의
경계를 표시하는 철망 너머로 깊이 패인 산골짜기를,
골짜기 깊숙이 사는 여러 마리의 크고 푸른 새들을
보았다. 자꾸자꾸 오르자 학교에 딸린 연구소들과
기숙사 건물들이 보였다. 그중에는 우와 내가 살고 있는
가족생활동도 있었다. 붉은 지붕에 갈색 외벽을 가진 낡은
벽돌건물이었다. 가까운 도로로 내가 매일 타고 다니는
마을버스가 들어와 몇 사람을 내려주고는 다시 유턴하여
빠져나갔다. 내가 사는 장난감처럼 작은 집과 내가 매일
타는 조그만 버스를 우두커니 바라보는 동안 저녁하늘이
푸르스름해지고 사위가 어둑해졌다.

정처 없이 산보하던 날들 중 하루에 나는 가장 일찍
문을 연다는 동네 부동산을 찾아갔다. 오전부터 저녁까지

다섯 군데의 부동산을 돌며 원룸을 서른 개 정도 보았다.
경선에게 전화를 걸어 나 좀 도와줄 수 있느냐고 물었다.
방을 얻어야 해요. 경선은 한동안 말이 없었다. 그러고는
아무것도 묻지 않고 삼십 년을 일해서 받은 퇴직금을 덜어
내 계좌에 넣어주었다.

✦

　목포에서 수미와 경선이 올라왔다. 내 짐이
의심스럽도록 적은데도 그들은 아무 말도 하지 않았다.
우리는 버스를 두 번 갈아타고 광명 이케아에 가서 자취에
필요한 각종 집기며 생활용품을 사들였다. 그리고는 다시
버스를 두 번 갈아타고 그것들을 맨손으로 실어날랐다.
내가 힘들어하고 있다고 생각했는지 그들은 내 손에서
자꾸만 짐을 빼앗아갔다. 그때 나는 힘들 것이 아무것도
없다고 생각했다. 힘들 게 뭐가 있겠는가? 전화하면
보증금을 내어주는 부모가 있는데. 이제 내 인생만
생각하면 되는데. 내 몸도 시간도 모두 나의 것인데.
　마지막으로 그들은 내 신발이 많이 낡았다며 나를
데리고 나가서 새 운동화를 두 켤레 사주었다. 그때
내가 신고 있던 낡은 신발은 군청색의 얇은 아디다스
캔버스화였다. 우는 휘어 있는 왼발 때문에 그동안 한 번도
캔버스화를 신어본 적이 없었다. 우리는 언젠가 아디다스
매장에 가서 우가 신을 수 있는 캔버스화를 찾아보았었다.
많은 신발 중 그 군청색 여름용 캔버스화만이 유달리

천이 얇고 밑창이 부드러워 우의 휘어진 왼발에 잘 맞게
구부러졌다. 우는 내게도 같은 신발을 선물했다. 우의
신발이 동이의 발판 위에서 언제나 새것처럼 변함없이
깨끗한 동안, 내 신발은 우의 옆에서 걷고 서 있고 달리면서,
우의 집을 매일 드나들고 이따금씩 주차하는 동이의 바퀴에
깔리고 밟히면서 차차 닳고 틀어지고 해졌다.

나는 수미와 경선이 사준 새 신발을 잠자코 신고 낯선
냄새가 나는 새 방으로 돌아왔다. 그리고 그들이 그 해진
캔버스화를 버리도록 내버려두었다.

✦

그 겨울날 나는 우체국에서 산 택배상자들을 이고지고
마을버스에 올라타 오 년 가까이 살았던 가족생활동 집으로
갔다. 집에서 우가 홀로 기다리고 있었다.

우리는 함께 짐을 쌌다. 내가 무엇을 가져가고 무엇을
두고 갈지를 함께 상의했다. 나는 야반도주하는 사람처럼
마음이 급했다. 방의 모든 사물들이 나를 물끄러미
바라보며 숨을 죽이고 있었다. 방의 응시를 느끼며 나는
내가 죄를 짓고 있다는 생각을 했다. 우의 몸과 마음을
도륙하고 있다고 느꼈다. 새 살림을 장만하려면 돈이 많이
든다며 우가 억지로 쥐여주는 헤어 드라이기며 면봉이며
하는 것들을 나는 상자 속에 순순히 넣었다. 우리의 방이
열세 개의 우체국 상자로 가득 찼다. 상자들만큼의 부피의
구멍이 방 이곳저곳에 나 있었다. 누가 보면 도둑이

들었다고 할 것만 같았다. 그 도둑은 바로 나다…….

　우는 자기 집을 도둑질하고 자신의 몸과 마음을 헐고 있는 내게 정성 들여 차를 우려주었다. 캐모마일 차였다. 우리는 쌓여 있는 상자더미를 등지고 잠시 차를 마셨다. 나는 두 통의 편지를 건넸다. 하나는 우에게, 하나는 우의 가족들에게 남기는 것이었다. 우리가 보낸 시간을 정리하기에는 턱없이 짧은 데다가 텅 빈 말들뿐이어서 아무 말도 하지 않은 것이나 마찬가지였다. 우는 울지 않는 대신 눈을 자주 깜빡이고 말을 더듬었다. 나는 눈물 콧물이 턱밑으로 줄줄 흐르는 것을 내버려두며 생각했다. 뭘 잘했다고 울어?

　그러나 사람은 보통 뭘 잘해서 울지 않는다. 뭘 잘못해서 우는 것이다.

　상자들은 친구의 승용차에 다 들어갔다. 그제야 나는 짐이 많지 않음을 알았다. 오 년간의 살림은 승용차 한 번으로 옮길 만큼 단출했다. 내 짐이 많은 게 아니라 우리가 너무 좁고 작은 방에 살았던 것이다. 그렇게나 작은 방에 우를 버렸다고 생각하자 뜨거운 다리미를 댄 것처럼 마음이 노랗게 눌어붙는 것 같았다.

　우의 집에서 가져온 헤어 드라이기는 새집에 가자마자 곧장 고장이 났다. 그때 우가 억지로 쥐여준 터무니없을 정도로 많은 면봉을 아직까지도 다 못 썼다.

고쳐 쓴 일기

엄마 스스로 어른 인가? 반문해본다. 혜안을 가진 어른
처럼 모든 것을 감싸고. 상처 주지않고, 안 받고 살고
싶지만, 엄마인 나는 용납이 안된다. 네 뜻대로 살겠다는
네게 현실을 외면한 기분좋은 말들을 해줄 수 없어 엄청
슬프다. 건강 조심해라.

이것은 지난 5월 이후 내가 엄마로부터 받은 유일한
답변입니다. 나는 이 문자를 여러 번 읽어보았습니다.
물기가 빠지고 압축된 말들은 단호하고 쓸쓸했습니다.
아마도 이것은 엄마의 작별 인사일 것입니다.
　엄마와 나 사이에는 많은 일이 있었습니다. 일일이
헤아리기는 어렵지만 그것들을 한 문장으로 요약하자면
이렇습니다. 우가 장애인이 아니었더라면 이 모든 일들은
없었을 것입니다. 그러나 엄마와 나의 갈등이 아무리
깊다고 해도, 내가 그날 엄마를 실신시키는 정도가
아니라 쇼크사시켰다고 해도 어떤 서술들은 달라지지
않습니다. 우는 생후 22개월에 근육병을 진단받았고
지금은 전동휠체어를 타는 중증장애인입니다. 또 그는 나의
애인이기도 합니다.
　나는 몇몇 사실들을 알고 있습니다. 우가 장애를
가졌다는 사실은 엄마를 슬프게 합니다. 그것은 엄마의
탓도 아니고 내 탓도 아니며 우의 탓은 더더욱 아닙니다.

나는 그동안 이 각각의 문장들을 이해하는 시간을
가졌습니다. 그 다음에는 이 사실들을 서로 이어보려고
애를 써보았습니다. 그렇게 해서 앞으로 가면 좋을 길을
찾기를 바라왔습니다.

　요즘은 이 문장들이 별과 별 사이의 거리만큼 멀리
떨어져 있는 것 같습니다. 나는 어떤 방면으로 노력해도
결국 길을 잃을 수밖에 없다는 것을 상기하는 중입니다.
마음에 떠오르는 말들을 바라봅니다. 어느 길목에서도 나는
할 수 있는 게 없고, 시도는 끝없이 실패할 것이며, 결국은
포기하거나 패배하리라고. 이런 말을 적는 것은 역시나
지긋지긋하지요. 사람을 우울하고 무력하게 만든다는 걸 잘
알고 있습니다. 유감스럽게도 요즘은 그런 생각들만이 나를
찾아옵니다.

　엄마의 문자 중 마음속으로 굴러들어온 단어들이
있습니다. 예컨대 '현실'이라는 말이 그렇습니다. 도대체
현실이 뭘까요. 설명할 수 있고 보여줄 수 있는 것, 손에
잡히고 구체적인 것, 내가 발 디디고 서 있을 수 있는
것 등등의 특성들을 떠올립니다. 그렇다면 나의 현실은
무엇이며 엄마가 생각하는 현실과는 얼마나 다를까요? 나는
엄마가 걱정하는 '현실'을 아마도 '근육병'이라는 말로 바꿀
수 있을 것이라 생각합니다.

　근육병에 대해서라면 내게는 할 수 있는 말이 많지
않습니다. 근육병은 정말이지 알쏭달쏭, 이상한 존재이기

때문입니다. 시간이 갈수록 근육이 약화되는 질병이라는 사실뿐, 보이지도 않고 잡히지도 않고 원인도 치료 방법도 알려져 있지 않습니다. 사람마다 발병 시기부터 진행의 양상과 속도까지 모든 것이 제각각이기 때문에 병원이나 의사 선생님도 무엇 하나 정확히 말해주지 못합니다. 더군다나 우의 몸은 조직검사를 해도 어떤 유형의 근육병인지 명확히 알기 힘든 경우에 속합니다. 그러니 나는 앞으로도 근육병이 우의 몸을 어떻게 바꾸어놓을지에 대해 많은 것들을 알지 못할 것입니다.

　나의 현실을 근육병이라고 말할 때, 나는 만성적이고 총체적인 우울감과 싸워야만 합니다. 보이지도 만져지지도 않는 것에 대해 말하려고 하는 일은, 어디서 왔는지 어떻게 되는지 알 수 없는 것을 추측하려 하는 일은, 다루지도 못할 것을 해결하기 위해 이런저런 뭉툭하고 불분명한 시도를 하는 일은 언제나 실패와 좌절을 불러오기 때문입니다. 피곤하고 우울한 밤이 오면 나는 이미 여러 차례 지나왔던 생각의 회로를 똑같이 걸어서 한 글자도 달라지지 않는 암울한 결론에 당도합니다. '내가 할 수 있는 것은 아무것도 없다.' 그럴 때 나는 가장 외롭고 무력한 곳에 있습니다.

　그러나 '근육병'이라는 말과 '우'를 동일한 것으로 여길 수는 없을 것입니다. 근육병과 우는 아주 다른 존재이기 때문입니다. 우를 만지면 얇고 물렁한 팔이 만져지고, 손을 잡으면 까칠하고 따뜻합니다. 우는 일주일에 두 번 학교 수영장에 가서 나무늘보처럼 느릿느릿 헤엄칩니다. 영화를

보느라 자주 밤늦게까지 잠을 자지 않기 때문에 아침마다
일어나는 데 애를 먹습니다. 나와 실없는 농담을 주고받는
것을 좋아하고 내가 재미없는 소리를 하면 모질게도
코웃음조차 치지 않지만 옆구리를 간질이면 몸부림을 치며
웃습니다. 우는 근육병과는 여러모로 다른 속성을 가지고
있습니다. 우는 손에 잡히고, 선명하고 구체적입니다.
자극에 반응하고 일관성이 있으며, 마음과 감정과
자유의지에 의해 움직입니다.

　말하자면 나는 이렇게 항변하고도 싶습니다. 나의
현실은 근육병이 아니라 우라고. 우에 대해서라면 할 말이
아주 많고, 아예 그를 데려와 보여줄 수도 있다고 말하고
싶습니다. 내가 마음을 주는 만큼 그가 나에게 마음을 주는
것이 기쁘고, 함께 하는 크고 작은 일들이 즐거워 힘이
난다는 것을 알려주고 싶습니다.

　그렇지만 엄마는 그런 사실들을 알고 싶어 하지 않을
것입니다. 그런 것들이 나를 지탱한다는 사실, 내가 그런
것들에 발 딛고 서 있다는 사실은 엄마가 가장 듣고 싶어
하지 않는 종류의 말입니다. 나의 일상에서 우를 발견할
때마다 엄마는 화를 내고 슬퍼하고 고통스러워합니다.
그것이 내게도 견딜 수 없이 고통스럽습니다.

　제아무리 이런저런 반박의 말들을 떠올려 봐도 결국
매번 제자리로 돌아옵니다. 그리고 결국 이 모든 마음의
말들이 입 밖으로 나가지 못하리라는 것을 알게 됩니다.

애써 낑낑대며 올라와봐도 마음의 경사면은 비스듬히
기울어 있기 때문입니다. 나는 엄마의 문자로 수없이
미끄러집니다. '엄청 슬프다'에서 말문이 막히고 '건강
조심해라'에서 번번이 쓰러지고 있습니다.

근래 가장 많이 한 생각은 강한 사람이 되고 싶다는
것입니다. 정말로 강해지고 싶습니다. 슈퍼우먼이 되는
것도 바라지 않고 램프의 요정이 나타나 우의 근육병을 뿅
하고 없애주기를 원하는 것도 아닙니다. 나는 내가 소중히
여기는 것들을 정말로 사랑할 수 있는 사람이면 좋겠고,
그것들을 끝까지 지켜낼 수 있는 사람이면 좋겠습니다.

가족과 관계 맺는 일은 어려운 일입니다. 이 관계를
위해 노력해야 한다는 사실이 때로 놀랍도록 버겁게
여겨집니다. 하지만 이 관계를 포기하지 않는다면 우리
모두가 더 좋은 곳으로 나아가리라고 믿고 있습니다.
우와의 관계도 마찬가지입니다. 우와 함께하는 일이
비록 힘들더라도, 그럴 듯하거나 멋지지 않더라도,
근근이 버티는 정도에 불과하더라도 우리가 함께 있을 수
있기를 바랍니다. 나는 나의 가족을 깊이 사랑하고, 나의
가족을 사랑하는 것과 그다지 다르지 않게 나의 연인을
사랑합니다.

사랑하는 사람들을 정말로 포기하고 싶지 않습니다.
나의 과욕으로 서로의 마음을 더 해치지 않기를 바랍니다.
엄마를 더 이상 울리지 않으면서, 우를 더 이상 슬프게
하지 않으면서 작고 사소한 행복들을 주울 수 있으면

좋겠습니다. 지금은 아주 조금이라도 그렇게 할 수
있으리라는 단서가 필요합니다. 마음에 아무런 힘도 남아
있지 않은 지금은. 지극히 조그맣고 보잘것없는 것이라도,
가장 흐릿하고 희미한 것이라도 괜찮습니다.

2017년 9월, 턴투에이블 5호 문집《제자리, 제 자리》에 수록한 글.
다큐멘터리 방영과 관련한 갈등으로 수미와 연락하지 않았던 무렵의
일기를 일부 고쳐서 문집에 실었다.

7장

끝말잇기

우와 헤어질 즈음의 일들은 잘 기억이 나지 않고 이해할
만한 흐름으로 정돈하기도 어렵다. 처음에는 내 기억이
두서가 없고 뒤섞여 있다고 생각했다. 하지만 되짚어보면
그 무렵의 일들 자체가 연인이 헤어질 때의 일들이 으레
그렇듯 뒤죽박죽이었다. 기쁜 일을 축하하는 한낮과
끔찍하게 고단한 대화를 나누는 새벽이 한데 붙어 있었다.
그때의 일들은 엉망진창 어질러진 서랍 속 양말들처럼
앞뒤도 안팎도 연속성도 개연성도 없이 앞다투어 튀어나와
있다.

　　나는 언제나 우의 가족으로부터 독립하고 싶어 했다.
그러기에 우리의 경제적 여건은 불안정했고 우의 가족은
주거에 대한 큰 결정을 내릴 여력이 없었다. 그해 우의
아버지는 고향에서 하던 사업을 정리하고 서울로 올라왔고
우의 어머니는 그 빚을 갚기 위해 동네의 오랜 식당을
인수했다. 푸짐한 양과 저렴한 가격으로 입지를 다진, 강도
높고 집약적인 노동과 박리다매로 승부를 보는 가게였다.
온 식구의 일상이 진공청소기로 빨려들어가는 먼지처럼
사정없이 식당으로 빨려들어갔다. 우의 어머니는 매일
울며 잠들었고 새벽같이 일어나 다시 일터에 나갔다. 우의
동생들은 짬이 날 때마다 식당에 나가 홀 서빙을 했다.
심지어는 우마저도 회계 업무를 처리하고 카운터에 앉아

계산을 하는 데 하루 대부분의 시간을 썼다. 나는 우의 가족들이 내가 일손을 보태기를 바라는 것 같다는 느낌을 무시하려 애썼다. 당시 급격히 불어난 가사노동을 해내는 것만으로도 힘에 부쳤기 때문이다. 우리의 독립은 점점 요원한 일이 되어갔다. 우와 나는 이 식구의 가계에서 차츰 분리되는 것이 아니라 더더욱 깊숙이 개입하고 있었다.

힘들었다. 그 모든 객식구로서의 곤란과 어려움뿐만 아니라, 앞으로 무엇을 하고 싶고 할 수 있는지를 전혀 상상할 수 없다는 것이, 이 모든 게 내 선택에 의한 결과처럼 느껴지는 것이 힘들었다. 내가 모든 것을 내려놓고 나가지 않는 이상 이렇다 할 돌파의 가능성이 보이지 않았다. 그러나 내가 무엇을 놓을 수 있었을까? 누군가 제 팔자 저가 꼰다고 손가락질해도 할 말이 없었다.

나는 우와 둘이 살 수 있는 날만을 손꼽아 기다렸지만, 언젠가부터 그런 날은 오지 않으리란 생각이 들었다. 나는 점차 사소하고 일상적인 순간들에, 누구의 잘못도 아니거나 누구도 탓할 수 없는 작은 순간들에 무너졌다. 바지락을 손질하느라 여기저기 뻘이 묻은 우의 부모님의 옷가지를 빨다가 다른 옷들을 망쳤을 때, 우산이나 텀블러 같은 내 물건이 식구들의 손을 타고 타면서 점점 내 것이 아니게 되거나 없어졌을 때, 나의 가족으로부터 전화가 올 때마다 잠옷 차림으로 황급히 추운 바깥으로 뛰어나갔을 때, 종종 스스로도 이해할 수 없을 만큼 머리끝까지 화가 났다.

그 무렵은 우가 한 공기업에 막 취업했던 때이기도

했다. 신입사원들은 제천의 깊은 산골짜기에 위치한
연수원에서 3주 동안 합숙하며 연수를 받아야 했는데,
장애를 가진 사원들은 회사에서 대절해준 버스에 탑승하기
어려워 각자의 방식으로 연수원에 오갈 수밖에 없었다.
심지어 주말에는 연수원을 비워주어야 했으므로 결국 그
3주 동안 월요일과 금요일마다 우의 아버지가 긴 운전을
하며 우리를 서울과 제천으로 실어날랐다. 나는 우의
활동지원을 위해 학기말 과제에 필요한 책들을 바리바리
싸들고 동행했다.

　　우네 집 차는 뒷자리에 전동휠체어가 들어갈 수 있도록
내부를 통째로 개조한 카니발이었다. 당시 우의 아버지는
자정 넘어 식당을 마감하고 새벽 네 시 반에 다시 식당으로
출근하는 생활을 하루도 쉬지 않고 반복하고 있었다. 1초에
30미터씩 달려가야 하는 고속도로 위에서 우리의 빨간
카니발은 줄기차게 비틀거렸다.

　　우리는 연수생들을 태운 우의 회사의 대절버스를,
옆구리에 여러 개의 바퀴를 단 화물차를, 로드킬당한
산짐승의 시신을 아슬아슬하게 지나쳤다. 한파주의보가
발령된 때였다. 속절없는 졸음운전을 막아보려고
우의 아버지는 히터를 껐다. 휴게소에서 뜨거운
순두부찌개를 먹어도 추위가 가시지 않아 우가 휴게소의
장애인화장실에서 볼일을 보는 동안 나는 변기 옆에서 마구
스쿼트를 했다. 서울에 도착해서는 잠시 식히려고 내놓은
주전자의 보리차가 짧은 사이에 얼어버리는 바람에 컵으로

얼음을 깡깡 깨서 떨며 마셨다.

그즈음의 언젠가 더는 이렇게 살 수는 없다고
생각했던가. 이 모든 게 정말 싫고 엉망진창이라는 생각을
했던가. 지긋지긋하다고 생각했던가. 그렇다고 해도 당시
나의 헤어질 결심은 모두에게 돌연하고 급작스러운, 나
자신에게조차 불가해한 결정이었다.

✦

기억나는 것들을 조금 더 적어본다. 아귀가 맞지 않는
퍼즐 조각들을 억지로 맞추듯 무리해서 끼워본다.

나는 우와의 헤어짐을 생각하면서도 출퇴근을
하게 된 우의 채비를 돕느라 새벽같이 일어나 출근길을
배웅했으며 쉬는 날에는 함께 연극을 보러 갔다. 다 뜯어져
너덜너덜한 벨트만 가지고 있는 우를 위해 정장용 벨트를
취업 기념으로 선물했다. 점차 헐거워져가는 우리의
관계를 수습해보려고 모처럼 코엑스몰에 놀러가기도
했다. 주말이라 잡기 어려우리라 생각했던 장애인콜택시가
그날따라 지나치게 일찍 배정되어 절반도 못 마신 음료를
뒤에 두고 미로 같은 코엑스몰의 길을 가로질러 뛰어갔다.
휠체어 리프트가 고장나는 바람에 기사님은 "제가 화난 건
아니고요"라고 말하면서도 트렁크 문을 연신 쾅쾅 닫으려고
시도했다. 끝내 닫히지 못한 뒷문이 과속방지턱을 넘을
때마다 위태롭게 덜렁거리고 그 틈으로 찬바람이 들이쳐
우가 덜덜 떨었다.

헤어지네 마네 하며 밤마다 울고불고하는 와중
학교로부터 더 이상 우의 활동지원에 대한 근로장학금
지원을 해줄 수 없다는 통보를 받았다. 퉁퉁 부은 눈으로
다른 장학금을 타기 위한 학업계획서를 썼다. 다 쓰고도
집에 들어갈 용기가 나지 않아 집 앞 놀이터 그네에 오래
앉아 있었다. 어느 밤에 우를 그 그네에 태웠던 것을, 그네를
아주 조금 미는 것만으로도 우가 무서워하고 또 즐거워했던
일을 떠올리자 눈물이 멎지 않았다.

마음을 굳힌 날에는 지하철역 앞 카페에서 냉랭한
통보의 말을 전했다. 기어이 우가 나를 잡는 것을 물리치고
밖으로 뛰어나와 우가 쫓아올 수 없도록 역으로 내려가는
에스컬레이터를 탔다. 사라진 나를 찾느라고 제자리를 휘휘
도는 동이의 바퀴를 내다보며 아래로 아래로 내려갔다.
멍한 얼굴로 열차에 올라타 2호선의 역들을 하나하나
지나쳤다.

어느 밤엔 일기에 이렇게 썼다.

아무것도 쓸 수 없을 때 아주 조금 더 적었다고 누군가 말한
적이 있는 것 같다. 그때 자신의 삶이 조금 반짝거렸던 것
같다고. 아무런 말도 쓸 수 없고 어떤 말로도 기억하고
싶지 않은 힘든 하루를 보냈다. 모두 나의 잘못으로 인한
것이었다. 그런데도 무엇인가를 써도 될까. 마음이 너무도
괴롭고 고통스러웠다고, 누군가에게 상처를 주고 아프게
했다고 적어도 될까. 아주 멀고 반짝거리는 것들을 생각한다.

고통에서 기인했는지 모르나 아주 멀리서 보았을 때는 그저
반짝이고 아름다울 뿐인 것들을. 아주 먼 날에 오늘 같은
날의 기록을 읽을 때 고통은 느껴지지 않고 그런 반짝임만
있었으면 좋겠다.

그 글자들을 바라본다. 한 자 한 자 다 내가 적었다.
여전히 반짝이지도 않고 아름답지도 않은 그 글자들은
아직도 내게 고통을 준다.

✦

상담을 받는 곳은 어둑하고 추웠다. 첫 상담 시간에 한
문장 이상을 제대로 꺼내지 못했고 티슈 한 통을 동냈다.
많이 아팠나 보네요. 내 발치로 히터를 밀어주며 선생님은
말했다. 아닌데…… . 선생님이 새로 꺼내준 티슈곽의
모서리를 구기며 어물거렸다.
엄마가 자식을 버리면 안 되잖아요? 내가 말했다.
하지만 당신의 자식이 아니잖아요? 선생님도 말했다.
선생님은 우와 내가 맺은 관계가 연인의 관계가
아니라 부모자식 간의 관계에 가까워 보인다고 했다. 나는
그 말이 잘 이해가 되지 않았다. 원래 그런 거 아닌가?
연인들은 고통 속에서 서로를 다시 낳기에 연인인 것이
아니던가? 침묵 속에서 창가에 드리운 나뭇가지가 아른아른
흔들리고 테이블 위에 펼쳐진 구겨진 휴지들 위로 햇빛이
어룽거렸다. 내가 할 말을 찾지 못하는 동안 시간은

서슴없이 흐르고 계절이 빠르게 바뀌었다.

나는 무언가를 진실로 이해하고 싶었다. 이를테면 대개의 사람들은 그리 사소한 것들로 죽지 않는다는 것을. 하지만 내가 사랑한 이들은 그렇게나 작은 것들로도 쉬이 죽을 수 있었다는 것을. 손톱에 올린 봉숭아 꽃잎처럼 내가 아끼고 또 아꼈던 나날들을. 그렇게나 귀하고 연하고 약한 것을 난폭하게 짓이기고 나온 두 손을.

그게 정말 사랑이었을까? 우를 만나는 동안 점차 나는 우를 정확하게 궁금해하지 않았고 귀한 질문을 주지 못했다. 그러면서도 우에게 줄 아름답고 좋은 물건들을 찾아 나돌아다녔다. 예쁘고 쓸모없는 것들을 많이 선물했다. 혹시 그 선물들은 내가 했어야 하는 질문들의 대체품이었을까? 내가 주었던 선물들은 사실 이제 더 이상 네가 궁금하지 않다는 뜻이었을까? 그렇지만 나는 우에게 무엇이든 주고 싶었다. 좋은 것을 주고 싶은데 내 안에 있는 좋은 것이 다 떨어진 바람에 바깥에서 들여와서 주었다. 그것은 정녕 사랑이 아니었을까?

세상은 나날이 변해가는데 내 안에서는 시간이 도무지 흐르는 것 같지가 않았다. 마음은 매일 내다 버려도 매일 새로 생겨났다. 새 마음은 새로이 아팠다. 상해가는 물복숭아 같았다. 누래지고 흐물흐물해지는 그것을 만지면 분명히 과즙으로 손이 끈적끈적해지리라는 것을 아는데도, 달콤한 냄새가 너무 강하게 나서 자꾸만 다시 열어보고 상처 난 데를 들여다보고 괜히 꾹 눌러도 보았다.

✦

어느 날 술을 마시다가 불쑥 말했다. 우랑 헤어지고……
솔직히 저 팔자 폈거든요!

그리고는 팔자 핀 사람치고는 너무 서럽게 울고 만다.

생활이 쾌적해져서 싫었다. 버스도 탈 수 있고
계단으로도 다닐 수 있고 가고 싶은 곳에도 갈 수 있어서
싫었다. 더 넓은 집에 사는 것이, 하고 싶은 걸 할 수 있게 된
것이 부끄러웠다. 우를 떠나서 누리는 모든 자유와 권리가
수치스러웠다. 내가 나로 살고 있다는 건 기쁜 일이 아니라
파렴치한 일이었다.

이제 와서 돌이켜보면 나는 우와 헤어지고 싶었던 것이
아니라 나의 여러 가지 바람을 어떻게든 해소하고 싶었던
것 같다. 공간을 원했다. 우가 기본적인 자립생활을 할 수
있는 한 칸의 방을. 계단이 없거나 엘리베이터가 있어야
했다. 동이를 주차할 수 있는 현관, 야트막한 싱크대가
있는 부엌, 문턱이 없고 안전손잡이가 설치된 화장실이
필요했다. 둘만 사는 거처였으면 했다. 밤에도 아무렇지
않게 웃고 울 수 있도록. 누워 있다가도 문 열리는 소리가
나면 눈치를 보며 의자에 앉을 필요가 없도록. 누군가 깰까
봐 화장실을 안 가거나 냉장고 문 여는 소리가 신경 쓰여
갈증을 참지 않아도 되도록. 처음부터 끝까지 우리 힘으로
꾸릴 수 있고 꾸밀 수 있는 집이기를 바랐다.

시간을 원했다. 하루 단위 이상의 시간 감각을 가지고
싶었다. 우리에게는 먹고 자고 씻고 싸는 것 외에 다른

생활을 할 여유 시간이 없었다. 삶의 다른 가능성을
상상하거나 도모할 수 있는 안정적인 미래가, 장기적으로
예측하고 계획을 세우고 투자를 감행할 수 있는 멀고
큰 시간이 없었다. 삶이란 연속성도 개연성도 없이 매번
새로이 출현하는 고난의 다른 이름이었다. 우리 자신도,
우리의 기반도 너무나 연약했다. 우와 함께 산다는
것은 우가 당장이라도 죽을 수 있다는 예감과도 함께
산다는 뜻이었다. 미래의 실제적인 가능성을 구체적으로
셈하다가도 결국 죽음에 대한 생각에 자주 곁을 내어주어야
했다. 그 생각이 그저 막연하거나 희끄무레한 불안 이상의
것임이 감지될 때마다 나는 지금 여기가 아닌 모든
시공간에 대한 원근의 감각을 완전히 잃어버렸다.

　불행하지 않기를 원했다. 나는 점점 더 자주
불행해했다. 매일이 새롭고 다르게 힘들어서 일일이
새롭게 지치고 힘들어했다. 우리는 싫어하는 것을 더 잘
참기 위해 좋아하는 것을 점점 더 많이 줄여나갔다. 내가
품는 최소한의 바람들이 도저히 가능하지 않은 꿈이라고
생각했었다. 이제 와 돌아보니 딱히 그렇지도 않다. 내가
바란 것은 그렇게까지 크거나 허황되지도 않았고, 못 할
일도 안 될 일도 아니었다. 하려고 했으면 해냈을 것임을
지금은 안다. 원하는 삶을 살 수도 있었을 것임을 그때
알았더라면 다른 선택을 했을지도 모르겠다. 하지만
그때는 몰랐다. 우와 나는 지금보다 어렸고, 경험이 없었고,
궁핍했고, 다른 이들의 호의와 도움에 의존해 살고 있었다.

뭐가 되도록 추진하고 시도하고 밀어붙여보는 것보다
뭐가 잘 안 되는 것을 참고 적응하고 견디는 것에 훨씬
더 익숙했다. 우리에게 발달한 마음은 야망이 아니라
염치였다는 것이, 이제 보니 그중 어떤 소망들은 엄두를
내볼 만큼 조그만 것들이었다는 사실이 허망하다.

　나를 거기까지 데려간 것은 무엇도 아닌 내 사랑이었다.
사랑이 나를 그렇게까지 착취했다니 이상한 일이다. 한편
나를 누구보다도 나로서 살게 한 것 역시 사랑이었다.
오랜 시간 내가 스스로를 속이며, 고생과 굴욕과 오명을
감수하며 우와 지냈던 것은 우에게 받은 사랑이 나를
살렸기 때문이다. 우와 있으면서 나는 살면서 한 번도
경험해본 적 없는 깊은 기쁨을 누렸다. 우의 사랑은 모공
하나하나에까지 침투하여 나를 먹이고 재우고 길렀다.

　어느 순간 나는 나로 살고자 하는 욕망이 그런 우의
사랑과 겨루지 않을 수 없다는 사실을 깨달았다. 양쪽 모두
전력을 다했다는 것을 안다. 그리고 내가 이겼다. 우가
내게 준 사랑을 꼼꼼히도 눌러 죽이고 나서야 나는 온전히
나로서 살아남았다.

　길들은 더 이상 우둘투둘하지 않았다. 어디든 갈 수
있게 되었고 무엇이든 할 수 있게 되었다. 삶이 몰라보게
윤택하고 보드라워졌다. 새로 구한 방을 공들여 꾸미고
매일 청소했다. 내가 가진 것들에서 좋은 냄새가 났다. 그
방에서 바퀴벌레가 들끓는 꿈을 자주 꾸었다. 깨어나서는
다시 잠 못 이루고 밤을 지샜다. 두려웠다. 내가 우로부터

도망간 것은 우가 나 대신 바퀴벌레를 잡아줄 수
없어서일까 봐. 사실 그게 전부일까 봐.

✦

　얼마나 더 써야 다 썼다는 느낌이 들까?
　끝없이 위태롭고, 불안정하고, 그렇기 때문에 매번
새로운 돌파구를 발명해내야 했던, 드물게는 뿌듯하거나
보람차기도 했지만 대개는 더없이 피로해지고 무력해지고
자조와 냉소의 기술만을 연마하게 될 따름이었던, 우리가
오래 자고 먹고 생활했던 그 어설프고 가변적이고 임시적인
생활들에 관해서 말이다. 쓰지 않은 숱한 일들이 내 몸
안에 들어 있다. 쓰여지고 싶다고, 기록되고 싶다고, 왜
이곳에서조차도 기억해주지 않느냐고 그 일들이 내게
성화를 낸다. 그것들을 쓰는 게 맞는 일인지 모르겠다.
애초에 이 지면은 무엇을 위해서 열려 있는 장일까? 나의
힘듦을 입증하기 위해서? 그렇게 만든 조건과 환경을
고발하고 노출하기 위해서? 다시는 그렇게 살지 않기
위해서? 분명 내 것이었던 그 삶을 내 것이 아니었던 것으로
밀쳐내고 선을 그으며 그 선 바깥으로 영영 떠나가기
위해서?
　어쩌면 이렇게 말해볼 수도 있다. 비슷한 조건이나
환경에 처해 있을 다른 누군가에게, 나의 선택과 닮은
선택을 내린 어떤 이들에게 무언가를 말해주기 위해서 이
글을 쓰고 있다고. 비슷한 이들에게 이해를 구하고 공감을

사기 위해서, 혼자라고 생각해온 누군가를 더 이상 혼자가
아니라고 느끼게 하기 위해서, 그간의 지독한 고독감과
외로움을 줄이기 위해서 뭔가를 쓰기로 결심했다고. 그런
태연자약한 거짓말을 할 수도 있다. 그렇다면 결국 이런
말을 하는 꼴이 아닐까? 아, 생각해보면 얼마나 좆같은
생활이었는지……. 당시에 저는 천만다행으로 제게 있던
모든 것을 버려서 그 자리를 떠날 수 있었지요……. 거기
계신 당신도 비슷한 처지이신가요? 그보다 심하다고요?
그럼 혹시 한번 질병이나 장애를 안 가져보시는 건
어떨까요? 장애를 가진 가족과 연인과 친구를 저버리는
건? 핸디캡이 있는 만큼 다른 방면의 노력으로 어려움을
타개해보시는 건 어떠세요? 한번 극복이라는 거? 해보실
수도?

　　이 글의 도착지라고 해봐야 결국 이런 고약하게
재미없는 자조로 우와 우의 가족들을 모욕하는 것뿐일까?

✦

　묻기를 멈출 수가 없다.
내가 정말로 힘들었을까?
물가에서 돌을 던지듯…….

　　혹시 이 모든 게 사실 나의 망상이나 과장은 아닐지?
부풀리거나 지어낸 이야기는 아닐지? 나는 이 책의 모든
문장을 그런 의심 위에서 썼다. 실제로 나는 당시 분명히

어딘가 이상했을 것이다(물론 지금이라고 해서 내가
이상하지 않다는 것은 아니다……). 그 모든 게 실제가
아니었을 수 있다고, 긴 시간에 걸쳐 상황을 과장하거나
왜곡해 인지했을 수도 있다고, 망상에 가까운 과도한
피해의식을 쌓아왔을 수도 있다고 진지하게 생각한다.
그렇다고 해도……

　묻기를 멈출 수가 없다.
　내가 진짜로 힘들었을까?
　물수제비에 서툰 사람처럼 거푸…….

　어느 정도는 당시의 불안하고 취약한 위치 때문이었을
것임을 알고 있다. 계속 그 자리에 머무르기 위해서 나는
일정 정도 이상으로 분열하거나 해리된 상태를 유지하지
않으면 안 되었다. 분명히 나는 어느 정도 미쳐 있었다.
그렇다고 해도……

　던지기를 멈출 수가 없다.
　내가 진짜로 힘들었을까?
　한 번 이상 수면 위로 떠오르지 못하는 둥글고 둔한
돌을…….

　우의 옆을 지키기 위해서, 계속해서 생존하기
위해서, 그 관계를 지속 가능한 것으로 만들기 위해서,

자발적으로 때로 불가피하게 망가졌으며 나 자신을 끝까지
소진하였다고 해도……

내가 진짜로 힘들었을까?

그래서 힘들었으면 어떻고 안 힘들었으면 어떤데?
영원히 돌을 던져도 메우지 못할 크고 깊은 물이 내게
묻는다.
달라지는 게 없는데도 왜 묻기를 멈추지 못하는 건데?
해질녘의 물 아래서 보석처럼 환히 반짝이는 돌들이
내게 묻는다.

✦

채식을 시작한 것은 우와 헤어지고 몇 개월 뒤의
일이다. 사는 게 쉬워지자 삶의 난이도가 무지 낮아졌다고
느꼈다. 이렇게 편해도 되나 싶었던 것이다. 번드르르한
삶이 욕심나서 나의 가장 귀한 일부를 헐값에 팔아먹었다는
나의 굳은 믿음을 누구도 흔들 수 없었다. 나는 혼자 잘 먹고
잘 살아보겠다고 사랑하는 우를 내다버렸다.
가만히 있으면 선하게 떠오르는 곤욕들이 있었다.
오지 않는 장애인콜택시를 기다리며 하염없이 밤을 새던
일, 저상버스를 타려고 같은 노선의 버스를 몇 차례고
그냥 보내던 일, 그렇게 기다려서 탄 버스의 휠체어
리프트가 고장 나 오도가도 못하던 일, 어디에도 없는

장애인화장실을 찾아 공원으로 전철역으로 함께 뛰어가던
일. 우의 탓도 내 탓도 아닌 일들이었지만 단련되고
무뎌져야 하는 것은 우리의 몫이었다.

먹는 일에 관해서만큼은 유별히도 고달팠다.
전동휠체어가 들어갈 수 있는 가게는 많지 않았다.
초행길의 경우 우리가 밥을 먹을 수 있을지 없을지는 거의
우연에 달려 있었다. 우리는 휠체어가 들어갈 수 있는 몇
안 되는 가게들만을 문턱이 닳도록 드나들었다. 매번 제일
좋아하는 것들을 시켰고 먹는 데 좀처럼 돈을 안 아꼈다.
엥겔지수가 높은 삶이었다. 그 끼니들이 주는 포만감은
어딘지 모르게 착잡해서 우리는 자주 배가 아팠다.

우리는 전철역이나 공원의 남자 장애인화장실에서
많은 시간을 보냈다. 한 명은 변기에 한 명은 전동휠체어에
오도카니 앉아 통증이 가시기를 기다리던 날들. 그럴 때
우리는 자주 끝말잇기를 했다. 좀체 서로를 이길 생각이
없는 끝말잇기였다. 어쩌다가 '산기슭'이나 '나트륨'으로
상대를 끝장낼 기회가 와도 다른 재미없는 단어를 고르는,
혹은 '슭이로운 생활'이나 '륨어티스 관절염'으로 위기를
모면하는, 그러면 머리를 맞댄 채 승인 여부를 근엄하게
검토하곤 어쩔 수 없다는 듯 또 다른 지루한 단어를
찾아나서는, 얼렁뚱땅 멎었다가도 어물쩍 재개되곤 하던
무료하고 끊임없고 영원한 놀이.

우를 떠나고 나는 우리의 끝과 끝이 영영 분리되었다는
사실을 점차 깨달았다. 우와 접붙어 있다고 여겼던 나의

피부는 닳아버렸고 고통이 있던 자리에서는 무엇도
느껴지지 않는다는 것을. 그 이어지지 않음이 참을 수 없이
고통스럽다는 것을.

　　그해 겨울에는 엄청 아팠다. 엄격한 비건 지향 생활을
이어온 지 몇 개월이 흐른 참이었다. 병원을 세 군데
돌았으나 나아질 기미가 보이지 않았다. 열흘을 꼬박
앓고는 기다시피 하여 순대국밥집에 갔다. 순대국밥은
한 술 한 술이 소스라치게 다정하였고 야속할 만치
녹진하였다. 뜨거운 살코기와 비계는 아삭아삭했으며
뚝배기에서 올라오는 훈기로 며칠째 가실 줄 모르던 두통이
누그러졌다. 허겁지겁 국밥을 비웠다. 배어나온 기름으로
혀와 이와 입천장과 목구멍이 끈끈해졌다.

　　이윽고 우와 순대국밥을 먹으러 가곤 했던 애달픈
날들이 우르르 덮쳐왔다. 우리는 몹시 슬플 때 스스로에게
긴급하게 고기를 처방했었다. 비참이란 밤늦게에도
아침 일찍에도 시간을 가리지 않고 찾아왔고, 그러면
우리는 문턱 없는 국밥집에 들어가 뜨거운 순대국밥을
응급약처럼 삼키곤 했다. 우리가 먹었던 엄청나게 많은
살들, 그 살들로부터 받았던, 다시금 허리를 곧추세우고
어려움을 헤쳐나가게끔 해주었던 온기와 용기와 뱃심,
그럼에도 또다시 밀어닥쳐와 우리를 고꾸라뜨리던 그 모든
지리멸렬함……. 이제는 그 모든 것으로부터 자유롭다고,
뚝배기의 바닥에 고인 뿌연 국물을 숟가락으로 긁으며
씁쓸하게 생각했다. 그렇게 얻은 자유를 더 이상 다른 몸을

먹지 않는 데 쓰기로 한 것이라고.

　뒤이어 자책이 시작되었다. 그 결정의 자유와
긍지와 용기마저도 모두 우와의 사랑을 그만두고 얻은
힘이었으니까. 우를 내다버려서 고통 속에 몰아넣어놓고는,
더 이상 고통에 참여하지 않겠다 말하는 사람들 속으로
숨어버렸으니까. 언제나 나는 내 고통이 우선이었고,
고통스럽게 죽은 동물의 살이 사실은 너무너무 맛이 있고,
결국 나한테는 내가 너무 소중한 거지, 말하자면 나는 우를
잡아먹고 비건이 된 거지……. 자학이 이쯤 이르자 나는
그만 바닥없이 슬퍼져서 더부룩해진 배를 부여잡고 낫처럼
수그린 등으로 집에 돌아갔다.

　우를 만나는 동안 나는 항상 내가 사랑하는 몸이 작고
취약하다는 것을 잊지 않으려 애썼다. 나의 불완전함과
실수가 그 몸을 곧장 훼손하고 손상시킬 수 있다는 것을,
심지어는 죽일 수도 있다는 것을 거듭해서 되새겼다.
그런 되새김질은 두려움과 아픔을 동반했고, 그 아픔은
마치 사랑이 실재하는 증거인 양 여겨졌다. 사랑이 있다는
사실을 확인하고 싶었던 밤마다 나는 마음을 헤집어 아픔을
골똘히 들여다보았다. 사랑에 고통이 수반된다는 사실과
고통 자체를 사랑하는 일 사이에서 자주 길을 잃었다.

　그럴수록 아픔은 점점 더 각자의 몫이 되어갔다.
우리는 서로를 아꼈지만, 세상은 모나고 우리는
무방비하게 연약했어서 각자의 가장자리는 빠르게
마모되어갔다. 곤경을 통과할 때마다 우리는 철저히 몸과

몸으로 분리되었다. 우리의 가장자리는 어느 순간부터 통증으로 맞닿아 있었다. 아픔으로 수리하는 사랑은 곧잘 허름해졌다. 어느 날엔가는 이 아픔을 다루느라 마음을 다 써버렸다고 적었다. 이윽고 사랑이 끝장났다.

　내게 실패할 기회가 좀 더 있었더라면 좋았겠다고 생각했다. 실패가 곧 패배는 아니라는 것을 배웠더라면. 내가 하는 모든 행동이 죄가 될 만큼 대단한 힘을 가지지는 않았다는 것을, 단지 고통 속에 있다고 해서 타인의 고통을 경감하는 일에 기여하고 있는 것은 아니라는 사실을 배웠더라면. 위험을 무릅쓰고 잘못을 감행하는 용기를 낼 수 있었더라면. 스스로를 혹독하게 다그치고 혼내는 것 말고, 금지를 기억하고 되새기고 상기하는 것 말고 다른 길들을 더 많이 알았더라면 좋았겠다고. 어떤 것들은 잃어버리지 않았을지도 모른다고. 고통보다 즐거움을, 당위보다 사랑을 환기할 수 있었더라면.

　나는 미안해서 비건이 되기로 했다. 기왕 미안하다면 정확하고 분명하게 사과하고 싶었다. 한동안은 진지하고 결연했다. 안팎에서 감각되는 모순과 낙차를 더는 내버려둘 수 없었다. 그때는 맞고 지금은 틀린 것들이 끝없이 발견되었다. 머릿속은 더 이상 해서는 안 되는 것들의 목록으로 금세 빼곡해졌다. 한편으로 비건이 되는 일은 좌절과 우울을, 슬픔을 데려왔다. 스스로를 계속해서 죽음에 관여하는 사람, 고통을 가하는 사람으로 인식하게 된다는 점에서 그랬다. 나 자신의 잔혹함과 끔찍함을

되새기는 방식으로 실천의 필요성을 불러일으킬 때마다
나는 새로이 상처받았고 매번 끝없이 외로워졌다.

　실은 죽음을 떠올리고 싶지 않았던 것 같다. 고통을
기억하고 싶지도 않았던 것 같다. 살아 있어서 미안하다는
생각도, 미안해서 죽고 싶다는 생각도 그만두고 싶었던 것
같다. 삶은 부정확하고 궁색한 몸짓이 되어갔다. 스스로의
무고함과 결백함만을 입증할 뿐인 두루뭉술하고도
결벽증적인 자학과 구분되지 않았다.

　늘어가는 주저함과 망설임 속에서, 줄어가는 기쁨과
용기를 만지며 종종 우와 보낸 시간을 생각했다. 우는
곤욕스러운 시간을 버티는 것에 능한 사람이었다. 헛소리와
신소리에 도가 터 있었고 실없고 무용한 농담을 애호했으며
현실에 발 디딜 생각이 없는 그 모든 대화를 사랑했다.
우는 명랑하게 저속하였고 엉뚱하게 천박하였다. 눈
가리고 아웅하기의 달인이었으며 부유하는 대화 속에서
온갖 종류의 우스운 얕은 수와 얄팍한 궁여지책을 술술
고안해냈다.

　번번이 나를 살려내왔던 것은 우의 그런 잔잔바리적
수완이다. 압도적인 비참과 절망으로부터 나를 비껴
세우고, 무너져내리는 슬픔으로부터 가까스로 나를 구한
것은. 그런 우의 기술을 좀 더 잘 전수받았더라면 좋았을
것이다. 미끄러지고 허물어지는 순간에 적당히 딴청을
피우거나 망각하는 너그러움을, 내 실수와 불완전함을 모두
사랑하지는 못하더라도 필요 이상으로 가혹해지지 않는

요령을 익혔더라면 좋았을 것이다.

　나는 화해하고 싶었던 것 같다. 우의 몸과, 그리고 내가
그간 먹어온, 죽여온, 내다버린, 외면한 몸들과 화해하고
싶었던 것 같다. 그러기 위해서 무엇보다도 스스로와의
고통스러운 불화를 그만두고 싶었다. 수전 손택은 《타인의
고통》에서 이렇게 적었다. "화해한다는 것은 잊는다는
것이다. 즉, 화해하려면 기억이 불완전하고 한정되어
있어야만 한다. (…) 인간은 으레 어디에서나 서로들 끔찍한
짓을 저지른다는 좀 더 일반적인 이해 속에서 특정 불의를
둘러싼 자신의 평가를 해소시키는 것이 바람직하다."

　잊고 망각하고 모자란 채로 함께 있는 것, 그것이
내가 수없이 많은 장애인화장실에서 우와 쪼그리고 앉아
끝말잇기를 하며 배운 화해다. 막다른 길에 이르더라도 이
관계가 곧장 끝장나지 않는다는 것을 믿는 느슨한 연대.
말도 안 되는 단어로 응수하더라도 괜찮으니 어떻게든
우리의 끝과 끝을 계속 닿아 있게 하는 잔잔한 믿음.
넘어져도 아프지 않고 언제든 다시 시작할 만큼 야트막한,
그 모든 무르고 부드럽고 나지막한 약속들.

　우와의 끝말잇기를 생각한다. 좀처럼 끝이 나지
않는 끝말잇기. 다른 이가 새로이 자신의 끝을 기꺼이
포개어주는, 그리하여 기어이 삶과 세계를 계속 이어나가는
끝말잇기. 닳아버린 각자의 끝과 끝으로 번번이 가까스로
서로를 구하는 끝말잇기.

　그런 아름답고 불가능한 약속을 과연 살면서 또다시 할

수 있을까. 우리는 지금 영원한 끝말잇기를 하고 있다고,
쉬이 끝이 나지도 서로를 결코 끝장내지도 않는 심심하고
다정한 끝말잇기를 하고 있다고 믿을 수 있을까. 가장
무력하고 무구하고 연약한 손가락에 또다시 내가 가진 모든
삶을 걸 수 있을까.

✦

우를 떠나고 난 뒤에도 지나온 시간과 경험의 영향
탓인지 장애를 둘러싼 담론의 언저리를 줄곧 서성였다.
장애예술 작업에 참여하거나 장애예술 작품들을 보고
비평을 썼다. 장애를 가진 몸을 위한 움직임 워크숍을
동료들과 함께 만들고 진행했다. 장애를 가진 몸과
직간접적으로 만나고 접촉하려는 이 모든 활동은 우와
함께한 시간과 긴밀히 연결되어 있었다. 일라이 클레어의
책 《눈부시게 불완전한》을 번역하게 된 것 역시 우와의
시간이 내게 미친 크고작은 영향 중 하나였다.

일라이 클레어는 장애 당사자이자 젠더퀴어로서 장애,
계급, 퀴어 등의 교차성을 사유하는 작가다. 우리가 사는
세계에 실로 깊숙이 침투한 치유 이데올로기와 씨름하는 이
책 《눈부시게 불완전한》에서, 그는 부서져 벌어진 내면의
틈새마다 망가지고 상한 자신의 몸과 마음을 덧대어가며
얼룩지고 아름다운 글을 땋아내려간다. 깨지고 우그러진
채 제각기 빛나고 있는 그의 문장들을 한 자 한 자 옮기는
동안 나는 내 안에 들어 있는 길고 구불구불한 이야기가

그의 텍스트와 함께 한 자 한 자 흩어지고 처음부터 새로이
재배열되는 경험을 했다.

　이 책의 여러 페이지를 낱낱이 아끼지만 그중에서도
가장 마음 깊이 읽은 부분은 아래와 같은 낸시 메어스의
인용구다.

　건강하건 아프건, 장애인이건 아니건, 모든 이에게는 상상의
　경계선이, 그 선을 넘어가면 삶은 더 이상 살 가치가 없다고
　확신하게 되는 고통의 경계선이 있다. 내게도 있기 때문에
　알고 있다. 돌 위에 새겨진 것과는 거리가 먼 나의 경계선은
　삶이라는 모래 위에서 미세하게 움직이곤 했다. 많은 경우
　나는 어느새 멀어진 선을 쫓아서 해변을 한참 걸어야 했다. …
　지팡이를 썼다가, 보조기를 썼다가, 휠체어에 탔다. 가르치는
　일을 그만두고, 운전을 포기하고, 다른 이가 내 속옷을
　입히고 벗기도록 두었다. 한 번에 하나씩… 나는 이러한 (매우
　상징적인) 각각의 단계를 밟아나갔다. … 나는 그 어느 때보다도
　더, 한때 결코 견디지 못하리라 여겼던 그러한 여자가 되어
　계속해서 존재하고 있다.*

　이 문장들을 옮기며 나는 우와 함께할 무렵 가지고
있었던 내 몫의 '상상의 경계선'을 생각했다. 그 선을 따라

---

　*　일라이 클레어, 《눈부시게 불완전한》, 하은빈 옮김, 동아시아, 2023,
107-108쪽.

내가 허술하게 박아넣었던 말뚝들이, 엉성하게 쳐두었던
몇 개의 울타리들이 있었다. 자꾸만 풀어지는 울타리를
거듭 고치며 삶이란 으레 이래야 하고 나는 으레 저래야
한다고 규정하는 그 선을 물리고 또 물렸다. 우리가 사는
세계와 우가 가진 근육병이 경쟁이라도 하듯 양쪽에서
우리를 압박해 왔으니까. 그럴수록 우리는 점점 더 세계의
가장자리로 내몰렸고, 더욱 거칠고 황량한 땅에 번번이
새로 자리를 잡을 수밖에 없었다. 삶을 준거하는 경계선을
다시 긋기 위해 척박한 흙 속에 무딘 말뚝을 박아넣노라면
마음이 바닥도 없이 어두워졌다. 이대로 가다가는 더 살
가치가 없다고 여겨지는 구간이 나올 것이다. 더 가면 남은
것은 천길 낭떠러지뿐이리라.

　　그때 나는 세상으로부터 끊임없이 삶을 빼앗기고
있다고 느꼈다. 삶이 매순간 우리 손에서 빠져나가고
있다고 느꼈다. 우리 앞에 남은 것은 끝없는 단념과
체념뿐인 것처럼 보였다. 나는 우리가 천천히 죽어가는
중이라고 느꼈다. 나 아닌 누구라도 그 자리에 있으면 으레
그런 생각을 했을지, 아니면 그저 내가 회의와 비관에
유독 남다른 재주를 가졌던 것인지 궁금하다. 나는 우와의
삶에서 맛보는 행복 속에서도 모든 것이 근본적으로
어그러졌을지 모른다는 느낌에 마음을 내어주기 시작했다.
그리고 이 모든 것을 한탕에 뒤집을 새로운 무언가가 불쑥
나타나기를 은연중에 바랐다. 어느 시점에 그렇게 하기로
세상이랑 나랑 새끼손가락 걸고 약속이라도 한 것처럼.

　　인생에 도대체 무엇을 기대한 것일까? 사순절이 지나면 부활절이 오고 대림절이 지나면 성탄절이 오듯이, 고난의 밤들이 지나가면 마침내 탐스러운 행운이 트리 아래 놓인 산타의 선물처럼 나를 기다리고 있으리라고 생각한 걸까? 게임 속에서 경험치를 쌓으면 능력이 향상되고 플레이가 수월해지듯 어느 날 갑자기 그간의 고생에 응당한 포상이 주어지리라고 소망한 걸까? 그러나 그 무슨 일어날 리 만무한 요행이 있었겠는가. 어느 날 갑자기 의식주의 때깔이 바뀌고 가시밭길이 레드카펫이 되기를 했겠으며, 근육이 부쩍부쩍 붙고 체급이 척척 올라 우를 누워서 떡 먹듯 들어올리게 되기를 했겠으며, 면전에서 모독을 일삼던 세계가 별안간 달라진 행색으로 석고대죄를 하며 시멘트 바닥에 이마를 쿵쿵 찧어오기를 했겠는가. "버스를 타자"라는, 장애운동의 실로 소박한 표어가 이십 년째 갈아치워지지 않는 나라에서. 이십 년 전과 똑같이 몸에 쇠사슬을 두른 박경석이 이십 년 전과 똑같이 피 흘리며 끌려나가는 세계에서…….

　　목이 빠지게 기다려봤자 인생의 타개책이 저절로 찾아오지는 않는 법이고 나는 모든 것이 잘못됐다는 예감에 사로잡혔던 것 같다. 인생의 무엇도 그냥 해결되지는 않는다는 점에서, 그런 전제부터가 완전히 틀려먹었다는 점에서 그 예감은 지극히 옳고 타당했으며 그렇기에 더욱 강렬하고 유혹적인 것이었다. 하지만 그것은 설사 모든 것을 잃는다 한들 우리 손 안에 어떤 것들이 여전히

남아 있으리라는 사실을 알았더라면 대수롭지 않았을
예감이었다. 삶을 이루는 중요한 것들이 이미 우리 안에
들어 있으며 우리가 누구인지는 우리 자신이 결정한다는
사실을 잊지 않았더라면 쉬이 지나쳤을지도 모르는
예감이었다.

　　그러나 나는 하늘에서 내려온 동아줄을 붙들듯 그
예감에 온몸을 내맡겼다. 동아줄이 나를 세상의 외곽에서
들어내 젖과 꿀이 흐르는 산뜻한 땅에 내려줄 때까지
뒤돌아보지 않았다. 그렇게 철저하고도 처절하게, 그제껏
아둥바둥 버티며 지켜왔던 것들로부터 매몰차게 등
돌리면서 나는 내가 무엇을 나라고 여기고 싶어하는지를
드러냈다. 홀가분한 몸으로 누리는 1인분의 인생. 무궁한
가능성이 웅성이는 자유로운 미래. 그것이 내가 우를
교환하고 세상으로부터 받은 보상이었다. 기껏 힘들게
팔자를 고쳐 얻어낸 장밋빛 인생 속에서 나의 가장 중요한
부분은 정작 돌이킬 수 없이 시들었다.

　　우리는 그때 정말로 죽어가고 있었을까? 그것은 정녕
제대로 된 삶이 아니었을까? 지금은 그렇게 생각하지
않는다. 살아간다는 것은 그저 살아간다는 것이다. 갈수록
가난해진다고 해도, 평생 이동에 큰 제약이 있다고 해도,
그 어떤 지대에까지 내몰린다 해도 삶은 삶이었을 테다.
그 어떤 몸으로도 우가 우였을 것처럼. 나날이 근육과
뼈가 얇아지고 박동과 호흡이 얕아져도, 종국엔 눈꺼풀 들
힘조차 메마른대도 우의 몸은 여전히 따뜻하고 부드러웠을

것이다. 누군가는 죽느니만 못하다고 여길 그 몸에서도
아무도 모르게 손톱이 자라고 눈썹이 돋았을 것이다.
찬바람이 부는 계절이면 핏줄 비친 눈에 눈물이 고이고,
까칠한 뺨에서는 나무가 타는 듯한 달콤한 냄새가 났을
것이다. 거기에는 죽음을 닮은 것이 조금도 없었을 것이다.

　그제서야 나는 우가 우이고 나를 나이게끔 지켜주었던
모든 것이 어디에서 왔는지를 돌아보았다. 우와 나를
이루는 가장 중요한 부분은 누구도 바라지 않고 꿈꾸지
않는 몸 안으로 기꺼이 서로를 들였던 나날에 있었다.
아무도 원하지 않고 그리지 않는 삶 안에서 아무에게서도
배운 적 없는 사랑을 심었던 순간들에 있었다. 우리가
삶의 경계선을 끝없이 수정하고 다시 표시해야 했던 것은
그저 미래를 포기하거나 무력하게 죽음을 받아들이는
일이 아니었다. 그것은 바람직한 삶의 영토로 보이지 않는
그늘지고 외진 곳에서도 살아갈 거처를 다시금 발명하고
사랑을 이어가려는 몸짓이었다. 지속할 수 있었더라면
나 자신을 잃지 않을 수도 있었을 것이다. 지키려 한 것을
계속해서 지킬 수 있었을 것이다. "그 어느 때보다도
더, 한때 결코 견디지 못하리라 여겼던 그러한" 사람이
되어서도 여전히 우리는 우리 자신으로, 우인 우와 나인
나로 "계속해서 존재"했으리라.

　말은 이렇게 해도…… 어려운 일이었다. 둘만으로
해내기엔 너무도 힘에 부치는 일이었다. 우가 지나오는
매일매일은 점점 더 확연하게 무거워지고 있었고 그 옆에

선 나는 기껏해야 조그만 우와 체중이 비슷한, 강마르고
지친 여자애에 불과했다. 그래도 조금만 더 기운이
있었더라면 좋았을 것 같다. 조금만 덜 참을 수 있었더라면,
조금만 덜 외로웠더라면 버텨냈을지도 모르겠다. 비록
서툴고 어설프고 삐걱이는 몸짓일지라도…… 분명 두 번은
출 수 없는 거칠고 아름다운 춤이었겠지. 다시는 살 수 없는
눈부시게 불완전한 삶이었으리라.

　　그 모든 것을 남겨두고 떠나와 여기까지 왔다.

　　무어라고 더 쓰든 간에 이제는 끝없는 자기반성에,
진부한 사랑 타령에, 오로지 나만을 위한 고해성사에
지나지 않는다. 그마저도 이제 정말로 할 말이 바닥났다.
그런데도 여태껏 이 자리를 떠나지 못하고 어영부영 삐기고
있다. 몇 안 남은 말들로 공기놀이라도 해보겠답시고
공연히 바닥을 어지르고만 있다. 결국 이런 변변찮은
후회까지도 내 인생의 일부라는 가혹하고 무도한 사실을
좀처럼 받아들이지 못하고 있다.

　　아니, 아니다. 사실은 그저 이 책을 끝내기 싫어하고
있다. 이 책을 다 쓰고 나면 앞으로 두 번 다시 감히 우에
대해 쓸 수 없으리라는 사실을 알기 때문이다. 결국 나는
아직까지도 우와 헤어지는 중이며, 무슨 수를 쓰고 그 어떤
조악한 핑계를 대서든 간에 이미 내 손으로 못 박은 지
오래인 우와의 작별을 미루고 싶은 것이다.

✦

　우는 좀처럼 후회하는 법이 없었다. 무엇에도 '빠꾸'가
없는 편이었다. 그것은 그가 뒤돌아볼 수 없는 등을 가졌기
때문일지도 모른다. 혹은 결코 뒤돌아보지 않는 자신의
근육병을 닮았기 때문일지도 모른다. 언제나 곧고
꼿꼿한 우의 등을 바라보고 있으면 오르페우스 이야기가
떠오르고는 했다. 돌아보는 바람에 제 손으로 제 사랑을
죽인 사람. 오르페우스가 우의 등을 가졌더라면 사랑에
절대로 실패하지 않았을지도 모른다. 우의 등은 결코
돌아보는 법이 없으니까.

　우와 달리 휘어지고 구부러지는 등을 가진 나는 어떤
순간에 뒤를 돌아 내 사랑을 들여다보았다. 그러자 내
안의 무엇인가가 사랑을 내 등에서 잡아뜯어 먼 나라로
떠나보냈다. 아직도 나는 그 일을 매일매일 생각한다. 내가
뒤돌아보았던 일을 뒤돌아본다. 어떤 날은 그때의 나를
호되게 나무라고, 뒤돌지 않을 수는 없었느냐고 가슴 치며
책망한다. 어떤 날은 그저 오르페우스의 사랑을 생각한다.
너무나 그리워 돌아볼 수밖에 없었던 마음을, 결코
돌아보아서는 안 되는 순간에조차 뒤돌아 연인의 얼굴을
바라보았던 마음을 들여다본다.

　시내는 내가 우를 떠나고 괴로워하는 것을 보고
이렇게 말해주었다. 후회하는 이들은 돌이킬 수 있기를
바라거나 그만 후회하고 싶어 한다고. 그러나 돌이킬 수
있는 일이라면 애초부터 후회할 만한 일이 아닐 것이고,

후회하지 않을 수 있다면 그 또한 진정한 후회가 아닐
것이라고.

그러니까 은빈아…… 후회는 진실된 것이야.

이 모든 길고 구불구불한 이야기를 들은 스무 살의
은빈에게도 할 수만 있다면 이야기해주고 싶다.

이 글이 후회의 길고 지지부진한 기록이 된 것은
지금 내게 있는 진실된 것들이 오로지 이런 조각들뿐이기
때문이다. 하찮고 무용한 '정말인 순간들'을 수집하는 것이
내가 우로부터 배운 사랑이기 때문이다. 그러나 도대체
어디서부터 후회해야 할지 알 수 없다. 그 모든 기쁨과
슬픔에 관하여. 이 험하고 외로운 세상에서 오로지 우만이
내게 줄 수 있었던, 그 모든 이해와 사랑에 관하여.

✦

〈연인들〉재연 팸플릿을 펼친다. 우가 찍어준 내 사진이
실려 있다. 공연자 소개란에는 이런 말도 함께 적혀 있다.
"글을 쓰고 공연을 한다. 은빈의 삶을 찾고 있다."

이후로 줄곧 그렇게 살고 있다. 글을 쓰고 공연을
하며 은빈의 삶을 살고 있다. 계속해서 우와 함께했더라면
가능하지 않았을 삶이다. 그 사실은 나를 위로하기보다는
죄스럽게 한다. 우를 대가로 갖게 된 이 삶은 내게 과분하고
호화롭다. 내 잘못이 아니라는 말을 믿지 않는다. 그것이
사실이 아니라기보다는, 그 말이 나를 근본적으로 무력하게
하기 때문이다. 차라리 모든 게 내 잘못인 편이 좋다. 다시

돌아간다면 잘못하지 않을 수도 있으니까. 다른 선택을
내릴 수 있었을지도 모르니까.

하지만 마음 속 깊은 곳에서는 잘 알고 있다. 정말로
전적으로 내 잘못만은 아니라는 것을. 혼자만의 힘으로는
어찌할 수 없는 거대한 불능과 싸우고 있었음을. 우의 손을
놓을 수밖에 없었을 것이다. 스무 살의 은빈은 조금도
다르지 않게 자신의 사랑으로부터 도망하여 서른 살의
은빈으로 포개지리라.

너는 나와 분명 다를 것이라고 스무 살의 그 애에게
말해줄 수 없어 슬프다.

네 잘못이 아니라는 말은 그 애를 한 톨도 위로할 수
없을 것이다. 그 애는 자기의 잘못을 찾아내는 데 혈안이
되어 있을 테니까. 스스로를 계속 미워하는 방식으로만
가까스로 계속해서 살아갈 수 있을 테니까. 누구도 그
애를 함부로 용서해서는 안 된다. 그 애 자신도, 심지어는
우마저도. 용서받지 않는 것만이 그 애가 자기의 사랑과
관계 맺는 유일한 형식이라고 그 애는 믿고 있으니까. 나는
어떻게 보아도 그 애가 징그럽고 혐오스럽다. 불쌍하고
경멸스럽다. 이토록 스스로를 미워하는 것조차 결국은
자기밖에 모르는 사람 특유의 마음인 것만 같아서, 어떻게
해도 도무지 그 애의 편에 설 수 없어서 난처하다.

그렇다면 이 장황하고 울퉁불퉁한 조각보 같은 글은
도대체 누구를 위한 책이 될 수 있을까? 나는…… 일종의
의무감을 느낀다. 이 글이 그 애를 처벌하고 단죄하려는

목적으로 작성된 기나긴 죄의 목록에 불과한 것만은
아니라고 말하기 위해서 반드시 어떤 단서를 달아두어야
한다고 느낀다. 모든 게 자기 잘못이라고 매일 가슴을
치느라 가슴팍에 푸른 멍을 가지고 살아가는 사람들,
그러나 사실은 그럴 능력도 깜냥도 가져본 적 없었던
사람들, 그리로 가면 길이 없다는 것을 알면서도 계속해서
더 나쁜 쪽으로만 자신을 데려갈 수밖에 없었던 기진하고
체념한 사람들의 편에 서기 위해, 이 압도적인 부채감과
의심 속에서도 내가 어떤 문장들을 덧대야만 한다는
책임감을 느낀다.

그러므로 이렇게 이어 적어둔다. 그런 애였어서
그런 사랑을 지속할 수 있었다. 그런 애였어서 자기의
어려운 사랑을 얼마간이나마 할 수 있었다. 그 애조차도
자기 자신의 편이 아니었지만 그 애의 사랑만은 그 애를
이해해주었다. 그 애의 사랑이 그 애를 살려주었다.

우에게.
_____

우야.

　우와 헤어지고 먼 나라로 여행을 갔어. 해질녘의
보스니아 해변에 깔린 돌들은 하나같이 보석처럼 환했어.
주우면서 우 생각을 정말 많이 했어. 숙소에 돌아와 물기를
말려보니까 곱고 예뻤던 돌들이 그냥 평범한 돌이 되었어.
나는 조금 울었는데 그게 내 마음 같아서 그랬어.

　우와 헤어지고 언젠가 꿈을 꿨어. 찰나의 순간을
함께하기 위해 또다시 영영 헤어져야만 하는 꿈이었어.
이제는 내게 없는 그 등이 뒤를 돌아 다정히 나를
안아주었지. 꿈에서 깨어서도 그 포옹의 감촉과 온기가
남아 있었어.

　우리는 가장 끔찍한 하루를 보낸 날에도 서로를
부둥켜안지 않으면 안 되었지. 집에 들어가기 위해서,
수동휠체어에 옮겨 앉기 위해서, 몸을 씻기 위해서
그랬어야 했으니까. 내 마음이 얼음장처럼 차가울 때조차
나에게 안겨 들리고 업히고 옮겨져야 했던 우의 마음은
어땠을까.

　오 년 동안 우와 울고 웃느라 생긴 코어 근육이 있어.
우리는 맨날 숨이 다 꺼지도록 웃고 횡격막을 들썩거리며
울었잖아. 다른 방에서 자는 우의 가족들이 깨지 않도록
소리를 죽여야만 했으니까. 나 그때 기른 뱃심으로 노래도
만들고 글도 쓰고 춤도 추고 공연도 하고 있어. 베갯잇을

빨 때마다 우리가 같이 쓰는 베개엔 지도 같은 눈물 자국이
넓게 남아 있었지. 나와 헤어지고 나서도 우는 그 방에서
숨죽여 울었어야 했을까.

　나의 태몽은 거북이었다지. 엄마 거북이와 아기
거북이가 바닷속에서 노래를 부르고 놀았댔어. 내게
거북이의 태몽을 타고났다는 것은 몸 어딘가에 무엇이든
될 수 있는 껍데기가 있다고 믿는 일이었어. 커다란 타원
안에 크고 작은 육각형을 많이많이 그리면서, 집도 지붕도
요람도 어항도 무덤도 될 수 있는 가상의 피부를 갖는
일이었어.

　우의 태몽도 거북이었다지. 커다란 거북이가 파도를
타고 바닷가까지 밀려왔댔어. 거북이 태몽으로 태어난
아이는 크게 아프다고 했지. 우에게 거북이의 태몽을
타고났다는 것은 무엇도 마음대로 되지 않는다는 것을
받아들이는 일이었을까. 무거운 껍데기에 점점 더 깔리고
짓눌리는 일이었을까. 안에는 연한 것이 있는데. 껍데기가
점점 더 커지는 동안 팔다리가 점점 더 작아지고 있어.

　우야.
　우의 몸이 약해지는 만큼 내 몸이 더 강인해졌으면
좋았을까. 내 마음이 허물어지는 동안 우가 그만큼의
마음을 새로 지어왔어야 했을까. 우리는 서로의 몫만큼을
더 해냈어야 했을까. 같은 거북이 태몽으로 태어났는데 왜
나는 아프지 않게 태어나고 우는 아프게 태어났을까.

우에게.

　　그러나 우가 내게 주지 않은 아픔을 나는 우에게
주었지.
　　하루는 나의 엄마 수미와 우의 엄마 정숙이 만나
우리 둘의 태몽을 바꾸는 꿈을 꾸었어. 나는 사실 그 꿈을
계속해서 꾸고 있는지도 몰라. 무거운 거북이 껍데기의
위아래를 뒤집으려 하고 있는지도 몰라. 커다란 타원 안에
크고 작은 육각형을 많이많이 그려서 지붕이 요람이 될 수
있도록. 무덤이 집이 될 수 있도록. 각각의 껍데기를 지고
울며불며 살아가더라도.

　　우야.
　　아직도 나는 종종 우와의 시간 속으로, 아찔하게 깊고
환했던 시절로 잠수해.
　　이제 내 몸과 마음은 다시는 우와 있을 때처럼
반짝이지 못할 거야. 내가 살았던 기쁨과 슬픔은 세상에서
오직 우만이 줄 수 있는 것들이었어. 나는 우를 떠났지만
그것들은 나를 떠나지 않고 남아 지금의 나를 만들었어.
그토록 아름답고 연약한 것들을 내게 가르쳐주어서 고마워.
　　우가 지금 사랑하는 이들을 지극히 사랑했으면 좋겠어.
우의 몸에 남아 있는 힘이 모조리 빠져나가더라도 사랑할
수 있는 힘만은 남아 있으면 좋겠어. 내가 다 못 준 사랑을
다른 이들에게서 받고, 내게 다 못 준 사랑을 그들에게
주었으면 좋겠어. 우에겐 그럴 수 있는 힘이 있어. 내게는 더
이상 불가능한 사랑을 지속할 수 있는 힘이.

　　바닷가에 밀려온 고단한 거북이에게 보내는 자장가를
짓고 부를게.
　　내가 더는 할 수 없는 사랑을 아주 먼 곳에서 할게.

　　은빈.

에필로그

우의 삶과 나의 삶은

어떤 이들이 과거에 대해 쓰는 이유는 과거를 반복하지
않기 위해서다. 반면 나는 과거를 반복하기 위해 이 책을
썼다. 우를 떠나며 서른 살이 된 은빈은 이 책 속에서
다시 스무 살의 은빈이 된다. 도돌이표처럼 돌아가 다시
우와 살고, 사랑하고, 상하고, 헤어진다. 우와 함께하지
않았더라면 겪을 일 없었을 깊은 슬픔이 있음에도 나는
분열하고 돌아보고 돌아가기를 반복한다. 그 모든 시간
이후에도 여전히 우는 내가 살면서 가져본 가장 좋은
것이다.

　이 작업에 관한 우의 답변은 한결같다. 너 알아서 써라.
마음대로 써라. 나는 그렇게 했다. 그럼에도 뒤로 갈수록
글에서 우를 들어내야만 했던 것은, 나로부터 우를 지켜야
한다고 생각했기 때문이다. 종이 위에 옮겨지지 않은 우와
우의 삶은 실로 크고 넓고 깊다. 나는 쓴 이가 쓰지 않은
것을 읽는 이도 읽지 않기를 바란다. 내가 비워두기로
한 곳을 같이 비워주시기를, 우와 우의 삶을 함께
지켜주시기를 부탁드린다. 괄호 안에 무얼 넣으면 소리
내어 읽지 않기로 약속하듯이.

　사실 이러한 우의 부재는 전적으로 의도된 것만은
아니다. 나는 지금 이 책의 명확한 한계에 대해 이야기하고
있다. 제목에서부터 '우는'이라는 말을 세 차례나 품고

있지만 이 책에 우는 적거나 없다. '우는'이라는 주어가
낱장마다 널려 있지만 결국 이 책은 우에 관한 책도
우를 위한 책도 아니다. 나는 책을 쓰는 내내 이 난점을
반복적으로 맞닥뜨렸다. 그리고 이 문제, 우에 관해
쓰면서도 우를 결여하고 있다는 이 크나큰 문제가 결국 내
사랑의 중대한 결함이라는 사실을 뼈아프게 받아들여야만
했다.

　　그럼에도 부끄러운 지난날과 미진한 사랑을 남겨두기로
한 것은, 곳곳에 사금처럼 박혀 반짝이는 우의 흔적들을
유실하지 않고 싶었기 때문이다. 애초에 잘 해내기 어려운
일이었다는 것을 안다. 나로부터 우를 순정하게 분리해낼
수 없는 것과 마찬가지로, 지나온 시간들로부터 우와의
이야기를 깨끗하게 추출해내는 것은 불가능에 가까웠다.
십여 년의 시간 속에서 저마다의 모양대로 굳어버린 글들은
완고하기 그지없었다. 서로 잘 맞추어지지 않는 흩어진
조각들을 김혜윤 편집자님과 함께 듬성듬성 붙여나갔다. 그
과정에서 어떤 곳은 다시 쓰고 어떤 곳은 새로 썼다.

　　혜윤 편집자님은 내가 이 이야기들 속에서 충분히
구르고 헤매도록 끈기 있게 곁을 지켜주었다. 이 책의
많은 중요한 부분들이 그의 기다림 속에서 비로소 자라나
기어이 끝까지 쓰였다. 그는 아름답게도 유려하게도 쓰일
수 없었던 내 거친 문장들을 구태여 둥글리지 않았으며,
성기게 얽힌 글들 사이로 드러나는 도저히 숨겨지지 않는
시차를 그대로 살려두었다. 한번은 내가 지나온 시간들을

미워하느라 과거의 은빈에게 오롯한 존중을 기울이고 있지
않다는 것을 정중하고도 정직하게 일깨워주기도 했다.
나보다도 훨씬 더 이 이야기를 아껴주는 편집자를 만나
드문 복을 누렸다.

　첫머리에서의 다짐과 달리 이 책에는 보이지 않는
많은 괄호와 말줄임표가 들어갔다. 그 안에는 사랑을
실천하기 위해 지어야 했던 잘못들도 많이 있다. 내가
원하는 모양으로 살고 사랑하기 위해서 나는 우를 포함한
많은 이들에게 상처를 주었다. 그 시절의 은빈이 어쩔 수
없었음을 나는 이해하고 있다. 하지만 삶과 사랑이 마음
같지 않았다고 해서 그 잘못들이 딱히 잘못이 아니게 되는
것도 아니다. 사랑을 지속하기 위해 저지른 많은 죄들이
여기 어딘가 있음을, 읽지 않기 위해서가 아니라 잃지도
잊지도 않기 위해서 적어둔다.

　우는 놀랍게도 내 삶이 나를 사랑하고 있다는 것을
알려주었다. 딱딱하게 굳은 그의 두 팔이 나의 가장 어둡고
탁한 부분까지 평등하게 끌어안아주지 않았더라면 결코
깨닫지 못했을 사실이다. 기억 속 그의 몸짓을 떠올리며 내
팔을 벌려 지나간 시간에 커다란 괄호를 둘러보는 것은,
이 먼 포옹으로나마 마찬가지로 우에게 알려주고 싶기
때문이다. 은빈의 삶이 은빈을 사랑하듯, 우의 삶이 우를
사랑한다.